MW00977180

Nina.
Uma história de amor.

Texto revisado em 26/01/2021

ANTARES

No coração do Escorpião brilhas tranquila, serena. Acalentas meu solitário coração com teu magnetismo irresistível. Ouço a tua mensagem aos meus sentidos humanos:

Vejo a ti e a tantos mais... Por isso peço: não chores.

Nesses milênios sem fim, aprendi muito.

*Para compreender os **porquês** é preciso seguir para os montes, ir para mais alto...*

O valor do segundo... Entender o tempo!

E sei que a paz é a filha sagrada do trabalho, da espera e da renúncia.

Anseias estar aqui comigo e poder abraçar com os olhos todos os mundos que alcanço.

Mas eu te falei do tempo, do trabalho, da espera, da renúncia.

E digo que também eu almejo ir além... Caminhos ignotos... Matizes rutilantes.

Outras Estrelas em universos incontáveis que se entrelaçam dançando a sinfonia celeste no ritmo perfeito de suas órbitas.

Mas não é hora!

Filha, aí da Terra outros olhos me fitam marejados como os teus; há soluços sem fim que ouço premida de compaixão.

Olhes à tua volta; abaixes o olhar e deixes por alguns segundos de contemplar o céu que por agora não podes alcançar.

Vejas querida... O tempo não é de chorar. Menos ainda por ti mesma!

Vês?

É preciso enxugar outras faces!

Te prendas na Terra por hoje e ampara aos filhos do Calvário.

E eu velarei pelos amores que elegestes como tesouro sem preço!

Vás. A Seara é grande e os tarefeiros são sempre poucos e apressados.

Sirvas! E inspires outros corações.

O filho de corpos alheios ampare-os em teu seio e então, tuas lágrimas secarão.

Agradecimentos

A Deus nosso Pai, e a Jesus nosso Mestre.

Ao Espiritismo e ao Evangelho de Jesus, que já nos anos verdes da minha existência encheram de sentido e segurança o caminho que me caberia trilhar.

A minha mãezinha e meu paizinho, ambos já no Mundo Espiritual. A forma serena com que encaravam os desafios da Vida foi o seu melhor legado.

Denis e Guta. Meus dois incansáveis revisores e que desta vez me ajudaram a decidir por compor a história de Nina com mais detalhes. Então queridos, aí estão os capítulos que a princípio eu havia retirado do texto por julgá-los desnecessários.

A minha irmã espiritual, Edci, pelas palavras carinhosas do Prefácio.

Aos meus filhos: Camila, Julie, André, Jhonatas, Augusta, Adriana, David, Maiara, Daniel, Sarah e Gabriel. As minhas onze ovelhinhas que nesta existência têm sido os responsáveis pelos momentos mais felizes que experimentei.

E finalmente a você, Leitor, que parou um pouquinho para "ouvir" o que tenho a dizer nessas páginas.

Dedico este livro singelo a todas as pessoas que, apesar de tudo, escolheram amar.

Prefácio

Em meados de 2011, fui à cidade de Porto Velho/RO visitar meu filho Denis e conheci a Márcia, mãe de minha nora, Guta. Logo que a vi, senti uma imensa ternura e afinidade, parecia que já nos conhecíamos de outras vidas. Uma irmã de alma!

Márcia é uma pessoa muito querida e generosa, que irradia luz por onde passa, transmitindo paz e serenidade a todos a sua volta.

Foi com muita honra que aceitei escrever este prefácio, apesar de nunca ter feito nada parecido.

Esta é uma obra maravilhosa que fala do amor e da misericórdia de Deus para com seus filhos, perdoando as nossas faltas e nos dando a chance de resgatar, através da reencarnação, as dívidas contraídas no passado.

Uma leitura de fácil compreensão mesmo para quem não tem o conhecimento espírita.

O livro é emocionante do começo ao fim, mas um trecho me tocou mais profundamente: quando, em sua prece, a personagem Massália compara a família a um colar de pérolas.

Para muitos, essa comparação pode ser algo singelo, mas para mim teve um significado especial.

Lembrei-me de minha querida mãezinha que sempre gostou de pérolas e costumava contar como as ostras sofrem para produzir essas maravilhas, sendo igualmente preciosas como nossas vidas.

A união de nossos filhos nesta encarnação permitiu a recomposição do nosso colar de pérolas. E é com o coração repleto de alegria que agradeço a Deus por estarmos juntos nesta jornada.

Que possamos cultivar e semear o amor de nosso mestre Jesus por onde passarmos.

Boa leitura!

Edci Santos da Silveira

Considerações

Esta é mais uma história de amor. Como tantas outras. Mas quem se cansa de ouvir histórias de amor?

A ambientação desta narrativa foi ficando clara conforme a história ia sendo escrita. Inicialmente era possível saber que estávamos em algum lugar que parecia ser uma pequena vila portuária. Mediterrâneo. Provavelmente. Não era importante e deixamos a imaginação correr livremente.

O tempo? Alguns séculos. Também não importava. Aos poucos os cenários se construíram e as personagens ganharam vida e protagonismo.

✳✳✳

Então, nessa vila portuária vamos encontrar Massália, num empório.

A voz forte e ressoante é lançada sobre a jovem mal saída da puberdade, tirando-a do estado de contemplação no qual ela vivia a maior parte do tempo:

E aí, menina? Vais permanecer parada me olhando como se eu fosse um bacalhau? Vai, vai! Tome tento! Tenho pressa!

A entonação da língua portuguesa contraiu a palavra *menina* subtraindo a primeira vogal. Mais tarde o dono daquela voz simplificaria ainda mais: *Nina*.

Aquele senhor, de modos um tanto rudes, iria chamá-la *Nina* pelos tempos afora.

Parece que ele nunca se preocupou em saber-lhe o nome.

DE VOLTA PRA CASA

Nossos parentes e amigos costumam vir-nos ao encontro quando deixamos a Terra?

"Sim, os Espíritos vão ao encontro da alma a quem são afeiçoados. Felicitam-na, como se regressasse de uma viagem, por haver escapado aos perigos da estrada, e *ajudam-na a desprender-se dos liames corporais*. É uma graça concedida aos bons Espíritos o lhe virem ao encontro os que os amam, ao passo que aquele que se acha maculado permanece em insulamento, ou só tem a rodeá-lo os que lhe são semelhantes. É uma punição."[1]

A carroça seguia num ritmo próprio.

Uma carga preciosa estirada sobre a palha limpa misturada com flores perfumadas, pequenos raminhos de arbustos.

---

[1] O Livro dos Espíritos. Allan Kardec. Ed. Feb. Questão 289

Alecrim, alfazema, rosmaninho, timo e outros ramos medicinais e aromáticos encontrados em profusão naquela geografia de clima temperado davam o conforto para a jovem que dormitava sob o embalo das rodas preguiçosas que sulcavam o caminho rústico.

Uma suave tarde de um verão ameno.

Os acontecimentos últimos ainda na memória precisariam aguardar um pouco mais o seu entendimento.

O curso da carroça lhe pareceu familiar. Sentia-se como despertando de sono profundo e reparador, mas ainda incapaz de fixar a paisagem ao derredor. O cheiro de mato, aquele céu suave, o som de animais amigos. Sim, estava voltando pra casa.

Quase imperceptível, a carroça fez uma curva no caminho e se dirigiu para uma porteira de madeira nativa, provavelmente entalhada por competentes mãos de algum excelente artesão. A porteira, acionada por invisível poder, abre-se lentamente dando passagem à Cidadã esperada com serena expectativa.

A jovem, quase criança, sentiu-se envolvida pelo som de palmas suavemente entoadas, como um cântico que lhe carreavam energias novas. O corpinho magro, até então amolecido sobre as macias folhas de um colmo desconhecido no mundo da matéria densa, moveu-se, e uma cabeleira encaracolada aureolada por flores do campo, removida da testa num gesto automático, permitiu que um par de olhos curiosos buscassem as informações visuais para informar àquele cérebro adolescente.

Às palmas se seguiram sorrisos, risos, gestos de boas vindas, e o início de um coro alegre.

Bem vinda Amiga!

Deus abençoe a luta, que travastes sem receio.

Retornas ao nosso seio, como serva fiel.

Esquece um pouco a batalha, repousa junto dos seus.

O Reino se implantará, nosso Mestre o quer.

Mas a hora agora é de aconchego... Vem querida, descansar!

Massália olhava o corredor de pessoas que se formavam naquele ambiente bucólico, louvando seu retorno à Pátria de Origem.

Aos poucos ia reconhecendo os rostos amigos, em árvores, nos barrancos, sobre pequenas elevações.

Alguns traziam flores; outros acenavam com pergaminhos de veludo colorido repletos de versos e palavras que demonstravam o carinho daquela comunidade para com uma das suas líderes que retornava da batalha na Terra.

Em um local especial, previamente adornado com elementos da natureza, o animal amigo paralisou suavemente seu trote e Massália pode fixar melhor atenção naquele ninho de amor que agora se abria todo à sua memória como se jamais dali se houvesse afastado um minuto sequer.

Só então Massália se deu conta de que alguém conduzira a carroça até ali.

Sim... Ele. O amigo oculto que nunca lhe havia faltado nos dias de maior aflição.

Aquele sorriso largo, os olhos cheios de amor: Anatólio.

— *"Bem vinda Princesa Saliens."*

Anatólio, em momentos de entusiasmo, se referia assim a Massália... *Saliens,* numa referência carinhosa ao seu jeito afoito e saltitante que tanto o enchia de amor; e quando estava muito feliz, acrescentava *Princesa.* Ele estava muito feliz.

Um segundo... Um olhar... Um abraço. E o inevitável choro. Lágrimas de alegria que se misturavam a tantas questões que seriam respondidas no momento certo.

Anatólio não se fez esperar:

— *Nosso povo te aguarda as palavras.*

Massália desceu da carroça e se dirigiu a pequeno pórtico composto de belo trabalho com os elementos daquele jardim natural, com o entrelaçamento de ramos de ciprestes que se davam as mãos para criar aquele espaço tão ao gosto daquela Princesa Saltitante.

Olhou as árvores. Podia ver a copa de muitas que se enfileiravam harmonicamente e demonstravam possuir uma vida sensorial mais exuberante e desconhecida na Crosta Terrestre.

A jovem corria o olhar sereno para aqueles habitantes simples e puros.

A relação daqueles Seres e daquelas pessoas com o meio ambiente era de sagrada harmonia.

Os humanos, ali, serviam-se docemente das mães árvores cujos galhos, troncos e folhas, lhes ofereciam moradas temporárias ou permanentes.

Assim viviam os habitantes da **Colônia de Héstia.**

Esses humanos que dominavam a ciência da superação da força gravitacional estavam ali para ouvir a amiga que amavam profundamente.

Massália sorriu docemente de um jeito muito dela. E falou com voz suave:

— *Saudades meus amores... Saudades.*

Busquei levar um pouco do amor que reina em nosso seio a alguns corações sofridos na matéria densa.

Ainda não sei avaliar os resultados dessa tarefa. Falei de Jesus... da mãe Gaia... levei alento a quantos cruzaram meus caminhos.

Todos sabem que busco reconciliar filhos da minha alma com o Coração do Mestre Jesus.

Que entre esses amores está meu eleito para sempre... a quem pude ter em meus braços de carne, ouvir seus relatos... e lembrá-lo dos compromissos.

O tempo é o Senhor da Verdade. Retorno ao seio do nosso povo de onde permaneceremos na tarefa que o Pai nos confiou de levar paz e harmonia aos ambientes ainda miseráveis de afeto nas esferas da matéria densa.

Meu coração está cheio de gratidão pelo apoio e pelo carinho que recebi de cada um de vocês durante a jornada nas estradas da Crosta. Não fossem as respostas que meu coração tantas vezes solitário e triste recebia desta Esfera de Amor e certamente os dias teriam sido bem mais sombrios.

Mas aqui estou. Com vocês. Vamos cantar e dançar. É hora de celebração!!!

O silêncio geral foi quebrado pelo som de violino vindo de um galho de árvore onde se colocava um jovem com notável controle do instrumento, fazendo soar naquele início de tarde, notas magistrais. Pássaros e incontáveis animais se juntaram em coro e, em pouco, tempo melodia sublime e alegre a todos contagiava.

Seres da natureza que as lendas humanas se reportam por fadas, gnomos, duendes, compunham os habitantes daquele pedaço do paraíso onde o amor do bem, o amor do trabalho e amor da beleza irradiava da fronte de todos.

Verdadeiros guardiões do mundo natural possuem a tarefa de preservar o equilíbrio entre o reino dos homens e o reino animal e vegetal. Atuam sob as ordens de Deus, como vigias das fronteiras dos reinos dos humanos e sub-humanos que se encontram separados por tênue linha de vibrações sutis.

Massália se viu rodeada dos amigos ansiosos por vê-la de perto, trocar impressões e falar das saudades.

Os Seres alados faziam circunvoluções em torno dela misturando suas cores e brilho e com isso criando uma espécie de maravilhoso véu cheio de vida e alegria.

Os Seres minúsculos sem asas se valiam dos pássaros maiores, dos animais e dos humanos postando-se sobre seus ombros, pescoços ou com as pernas abertas apoiadas nas laterais das cinturas como fazem as mães com seus filhos pequenos. Essa convivência alegre era a rotina dos habitantes da Colônia.

Quando todos já haviam conseguido expressar sua saudade e seu amor pela amiga e o alvoroço diminuiu, Anatólio, prestimoso e gentil, observou a necessidade da jovem se retirar para o necessário repouso.

Retornaram ambos ao veículo, sempre cercados pelos Filhos do Criador, numa cena que os homens da Terra um dia conhecerão e viverão na rotina dos seus dias venturosos.

Devidamente instalados e acenando alegremente despediram-se.

Desta vez, diferentemente do ritmo anterior, Anatólio usando de especiais disposições da mente, modificou a paisagem, e anulando completamente a força da gravidade até então dominante, imprimiu velocidade ao veículo que pareceu desaparecer num ponto de fuga do infinito.

O veículo simples imediatamente ultrapassou uma barreira dimensional e ingressou numa espécie de cidade onde as edificações, em formas arredondadas, lembravam o cristal em multicores rutilantes, variando entre o azul, o amarelo e o rosa suaves.

Essas edificações estavam perfeitamente integradas ao meio ambiente, uma espécie de floresta composta de vegetação harmônica e delicada, apesar de espessa. Os cristais que serviam de edifícios para os mais variados cometimentos, poderiam ser comparados a gotículas de água em folhas de árvores gigantes.

Os raios de sol passavam suaves pelos edifícios de cristais e se decompunham em rutilâncias que conferiam harmonia e suavidade aos ambientes.

O veículo, que parecia conduzido por uma espécie de nuvem de plasma, silenciosamente aportou numa varanda ampla onde já eram esperados Anatólio e Massália.

Prestimosos servidores do Bem ali se encontravam para recepcionar a jovem que regressava do mundo físico.

Massália era uma das sacerdotisas daquele templo majestoso e simples. Uma forma elevada de arquitetura desconhecida na Terra.

Expressando modelagem de leveza e integração com a natureza, confundindo-as e entrelaçando-as, poderia ser comparada com a arquitetura paramétrica[2]. Mas é uma comparação pobre.

Um dos jovens sacerdotes se aproximou da recém-chegada demonstrando conhecê-la de longa data e lhe estendeu uma capa de tecido leve e alvo com a qual a envolveu e em seguida abraçou-a demoradamente.

— *Minha irmã, que bom tê-la de volta. Adentra à Casa de Jesus[3], e vamos nos reunir como sempre o fazemos. Chegastes à hora da prece.*

— *Irmão Davino, o Senhor seja contigo!*

---

[2] Um novo modo de projetar. Vem crescendo e ganhando força desde 2008. Trouxe mudanças na grade curricular de escolas de arquitetura. Desde 2017 já existe o curso de pós-graduação em arquitetura digital e projetos paramétricos.

[3] Casa do Sol. Casa de Jesus é o nome carinhoso que usavam para o Templo.

A ÁRVORE DO EVANGELHO E OS AQUÍFEROS BRASILEIROS

De que modo se instruem os Espíritos errantes? Certo não o fazem do mesmo modo que nós outros?
"Estudam e procuram meios de elevar-se. Vêem, observam o que ocorre nos lugares aonde vão; ouvem os discursos dos homens doutos e os conselhos dos Espíritos mais elevados e tudo isso lhe incute ideias que antes não tinham."[4]

Um mês que Massália retornara à Pátria. Encontramo-la reunida na Casa do Sol com a equipe de trabalho.

Liderados por Dimitri, além de Massália, mais dois Espíritos de aparência juvenil se acomodavam no ambiente.

À ausência de palavras melhores, estamos em um centro de inteligência e tecnologia avançadas até para os dias atuais em países de primeiro mundo.

Entretanto, é preciso buscar recursos na imaginação considerando que a analogia é pobre.

[4] O Livro dos Espíritos. Allan Kardec. Ed. Feb. Questão 227

O cristal, enobrecido pela dimensão sutil à qual pertence, possibilita a captura e a profusão de ondas magnéticas que são modificadas de acordo com a vontade direcionada pelas mentes que compunham aquele grupo seleto.

Dimitri informa que durante a breve passagem de Massália pela Crosta planetária, a estação de modificação das moléculas das águas no principal aquífero em terras brasileiras, localizado na região atualmente conhecida por Planalto Central, havia sido concluída com êxito. A jovem, mesmo mergulhada na matéria densa, contribuíra substancialmente para a conclusão do projeto.

A equipe se transporta quase que imediatamente para região central do Brasil onde repousam imensos reservatórios e águas subterrâneas. Usamos a expressão transporte, mas se trata de presença mental possibilitada pelas condições peculiares daqueles Espíritos e pela tecnologia. Aquele núcleo era vinculado à esfera responsável pelo progresso da arte, da ciência e tecnologia, da filosofia, e da religião na Crosta Terrestre.

Massália está silenciosa e atenta.

Aportam em local específico do Aquífero – hoje denominado Guarani, no subsolo do sudeste brasileiro. Estamos no que hoje é a divisa de Goiás com Minas Gerais.

O grupo estaciona num parapeito que se projetava como pequena varanda, construído em material transparente.

Dali era possível observar todas as dimensões de uma pirâmide gigantesca equipada no seu vértice superior com uma espécie de antena de grandes proporções.

Toda a construção era de cristal reluzente. O que podemos chamar de antena, possuía o cume arredondado que parecia absorver raios elétricos que chegavam à profusão.

Os raios elétricos eram os Espíritos Superiores que utilizavam aquele meio pra reunirem-se nas entranhas subaquáticas do Brasil.

As almas Nobres que para ali se dirigiam periodicamente, utilizavam aquela estrutura para traçar as diretrizes das ações que se realizariam no local escolhido por Jesus para transferir a Árvore do Evangelho da Europa para as terras novas.

Os funestos acontecimentos perpetrados por religiosos conhecedores do legado cristão inviabilizaram a implantação do Amor naquele solo.

Sob a luz do Cruzeiro do Sul, seriam delineadas ações que se estenderiam para a comunidade planetária.

Naquele momento, a equipe de Dimitri estava testemunhando a chegada do Espírito Ismael ao local.

Dimitri esclareceu aos seus pupilos, Davino, Massália e Klaus, que partindo do planalto central, os aquíferos brasileiros receberiam a *intelectualização* das águas. A mente amorosa e sábia dos Espíritos liderados pelo Anjo Ismael conduziam o processo de magnetização e alinhamento das moléculas de água para que se pudessem ligar ao Amor emanado pelo soberano coração de Jesus.

Os jovens atentos ouviam as explicações do Orientador.

— *As rochas ígneas e metamórficas constituintes do complexo cristalino pré-cambriano brasileiro são o material adequado para a propagação das ondas magnéticas de teor superior que impregnarão as moléculas de água, criando nelas memória enobrecida.*

A partir daí, essas memórias superiores se disseminarão por todo o sistema hidrográfico brasileiro.

Aquela pequena varanda se movia como se fosse de matéria gelatinosa e firme, a depender da impressão nela colocada pela vontade do líder da equipe.

Isso possibilitou a Dimitri os levar para uma sala com amplos painéis de matéria sutil semelhante ao plasma.

Por ali eram registradas, em tempo real, a direção e o sentido das águas dos sistemas aquíferos e hidrográficos brasileiros cuja raiz estava ali: a *Grande Nascente Mãe*.

Nesses painéis interligados era possível visualizar a conexão de ambos os sistemas que, unidos, formavam o desenho de uma árvore frondosa expandindo seus galhos em todas as direções do Brasil.

A Árvore do Evangelho.

A Grande Nascente Mãe constituía as raízes da Árvore. Essas raízes se conectavam ao coração e à mente de Jesus.

Dali, daquele centro, seguia-se o tronco da árvore, composto pelos complexos cristalinos, cujos galhos se ramificavam como artérias e veias do Coração do Mundo.

Dimitri explicou que as veias aquíferas do Coração do Mundo se encontravam e comunicavam de forma importante na Cidade do México, e sob as ordens da Virgem de Guadalupe se dirigiam para mais ao Norte da América, o Cérebro do Planeta Terra, irrigando-o agora com material enriquecido pelo Magnetismo de Jesus.

Assim, o Brasil, representando o Coração da Terra, pulsava diretamente ligado ao Coração de Jesus, seu Governador que, das Alturas Imanentes, continuava nos alimentando a todos com o seu sangue e o seu corpo sagrados.

Massália ficara ainda mais silenciosa. Alma sempre jovial, nos momentos graves, tornava-se completamente concentrada e firme no propósito de não desperdiçar um segundo de tempo sequer nem mesmo com um gesto desnecessário que fosse.

Utilizando aquela tecnologia para inspecionar cada detalhe, o grupo analisou as correntes pluviais, subindo por um veio especial até os subterrâneos do norte brasileiro, hoje o estado do Pará.

Em velocidade, percorreram os sistemas aquíferos daquela região e atualizaram dados e informações, em espaço de tempo milimetricamente dimensionado.

Os seres da criação do mundo sub-humano se encarregam de tarefas insuspeitas pela imaginação do homem afeito às preocupações meramente materiais.

Jesus, com esse sistema de comunicação em tempo real, mantém controle de tudo.

Senhor da Vida no Planeta Terra, há muito traçara em seu Planejamento Estratégico as ações de resposta para a manutenção do equilíbrio necessário entre todos os reinos da natureza, que a ignorância do homem, ainda precário em moralidade, desconhece.

O mais grave, entretanto, é a ignorância voluntária. Aquela que decorre da negligência e da imprudência. Os homens que podendo realizar o bem preferem a indiferença. Os que, conhecedores da verdade relativa, fazem a opção pela mentira e se comprazem no mal.

Orgulhosos, a maioria de nós humanos, não raro, arvoramos o título de soberanos sem causa, usufrutuários irresponsáveis dos bens da Terra.

O dever malbaratado e o poder desgovernado encontram na serena energia de Jesus o limite garantidor para que a Obra não sofra danos irreparáveis.

Pelo mundo subaquático, o grupo esquadrinhou a região Amazônica chegando às fronteiras do que, na atualidade, são os estados de Rondônia e Acre.

Um mundo à parte.

Dimitri chamou a atenção dos jovens para aquela região praticamente inexplorada.

— *Provavelmente estejamos olhando para o maior e mais rico manancial de águas abaixo da crosta.*

Meus queridos, o Brasil é o coração do mundo, e essa região se candidata a ser o coração e as asas do Brasil.

É uma terra virgem, inexplorada, com riquezas e possibilidades à espera de um povo trabalhador, humilde e simples, cheios de fé e de esperança.

Nessas terras, se radicarão filhos das mais variadas regiões brasileiras, permitindo que a miscigenação que já caracteriza a nação brasileira, assuma contornos mais definidos e próprios.

A bacia[5] desse jovem Rio[6], afluente do maior veio de água[7] da Terra, em volume, com área superior a um milhão de quilômetros quadrados, representa vinte e três por cento desta bacia.

---

[5] Bacia Amazônica

[6] Rio Madeira

[7] Rio Amazonas

O rio Madeira nasce a partir do encontro dos rios Beni e Mamoré, na região de fronteira entre Brasil e Bolívia, percorrendo uma extensão de aproximadamente mil e quinhentos quilômetros em terras brasileiras até encontrar o Rio Amazonas.

Nesses Vales dos rios Mamoré, Guaporé, Madeira e Acre, como são chamados pelos nativos da região, se desenhará um coração[8] que será conectado a duas belas asas.

É o coração do Brasil.

As asas[9] darão leveza ao coração do Brasil e irão se incorporar no desenho das terras brasileiras em breve tempo.

O coração humano e as asas da borboleta constituirão os ícones do amor e da renovação.

A borboleta representando o entusiasmo e o amor pela cultura, e o coração, o trabalho incessante, bombeando energia renovada para as outras regiões, muitas delas já exaustas.

Em especial, essas águas produzirão, por largo tempo, energia que sustentará grande parte de outras regiões do Brasil.

Povo jovem imanente e trabalhador testemunharão amor e renúncia utilizando sua potência natural em benefício de todos.

Dia chegará filha, que retornarás à esfera densa nestes Vales. Estarás em árduas tarefas por amor ao nosso Mestre.

Teu esforço será sustentado primeiramente por Jesus e, em seguida, pelos Espíritos simples dos silvícolas, pelos seres da natureza com os quais deténs vínculos longínquos.

Nós outros, teus irmãos da Colônia de Héstia, estaremos contigo.

---

[8] Atual estado de Rondônia

[9] Atual estado do Acre

Quando retornares à "carne" o Consolador já estará anunciado na Terra e sedimentado no Brasil.

Espíritos de Héstia ombrearão os trabalhos contigo; outros estarão diretamente sob tua proteção na condição de filhos, parentes e amigos próximos.

Um programa está sendo desenhado. Oremos para que o Alto nos inspire.

Planejamentos refletem as circunstâncias desejáveis; entretanto, até mesmo Jesus se viu compelido a realizar modificações importantes nas suas deliberações prévias, para atender às solicitações da própria Mãe nas Bodas de Caná.

Massália permaneceu silenciosa. Visualizava o futuro.

RECORDAÇÕES

> *O Espírito lembra, pormenorizadamente, de todos os acontecimentos de sua vida? Apreende o conjunto deles de um golpe de vista retrospectivo?*
>
> "Lembra-se das coisas, de conformidade com as consequências que delas resultaram para o estado em que se encontra como Espírito errante. Bem compreendes, portanto, que muitas circunstâncias haverá de sua vida a que não ligará importância alguma e das quais nem sequer procurará recordar-se".[10]

O entardecer naquela dimensão permitia ao Sol apresentar-se em esplendor inacessível à imaginação dos encarnados. E Massália meditava.

Silencioso, Dimitri aproximou-se da jovem como quem deseja acalentar um coração amado.

— *Pensas em Adamastor – nosso querido Damon - não é?*

Massália permitiu que as lágrimas escorressem pela sua face.

---

[10] O Livro dos Espíritos. Allan Kardec. Ed Feb. Questão 306

Nina. Uma história de amor.

Sim. Era nele que ela pensava.

Ouvia seus lamentos de alma sofredora e errante nas esferas sombrias.

— *Ele chama por mim... Eu me aproximo e ele corre enlouquecido como se a minha presença o levasse aos escaninhos mais dolorosos da própria alma.*

Nesses momentos, Damon se entrega à dor insana e grita meu o nome; o nome que ele me deu. Massália quase sorriu a essa lembrança. *Ele jamais se preocupou em saber como eu me chamava. Ele sabia sim é claro. Mas somente me chamava Nina.*

Ele roga que eu o ajude a morrer, sem se dar conta que mais de um lustro[11] se passou desde que expirou vencido pela febre.

Penso também em minha mãezinha que sucumbiu à dor da minha perda.

Como é de teu conhecimento, ao saber-se grávida, depois de molestada por aqueles que lhe foram levar a notícia do meu desaparecimento, não suportou o peso da dor.

Após noites insones, padecendo frio e fome, jogou-se nas águas do Mediterrâneo na inútil tentativa de esquecer a humilhação sofrida e fugir da solidão que minha ausência lhe causava.

Graças à sua intervenção, querido Dimitri, e dos esforços do meu amado pai, minha mãezinha Amália e meu irmão que ela levava no ventre, estão atendidos em nossa Colônia.

As leis, entretanto, são invioláveis.

Passados mais de quinze anos, ela ainda sofre a reverberação do ato <u>*extremo, apesar das atenuantes*</u> *que lhe são favoráveis.*

---

[11] Cinco anos. Na idade média as pratarias dos Senhorios eram todas limpas e lustradas, em média, a cada cinco anos. *Um lustro* se tornou uma forma de referir a cinco anos passados.

Dimitri ouvia em silêncio o melancólico desabafo da jovem como permitindo que ela pudesse expressar naquele momento íntimo todo o seu pesar: o rumo dos acontecimentos que culminaram com a sua desencarnação pelas mãos de pessoas consideradas amigas; o infortúnio da mãezinha ao conhecer seu destino doloroso; o Amado que sucumbira ao peso da culpa.

— *Pesa-me na alma, balbuciou a jovem, saber que tudo poderia ter sido diferente. Quanto tempo será despendido, querido Dimitri, até que nos reconciliemos todos com a Lei?*

Dimitri se sentou ao lado de Massália, enlaçou-a, permitindo que ela recostasse a cabeça nos seus ombros magros, porém fortes e viris.

— *Minha filha, Jesus é o Senhor do Tempo aqui na Terra. Nada há que a Sua Misericórdia não consiga abraçar. Confie tua dor ao coração Dele e permanece trabalhando pela construção do Seu Reino na Terra.*

Estimo que a reunião dos que se enlaçaram nessa teia de dor para os resgates necessários levará pelo menos três séculos. Alguns são reincidentes da dureza e da negligência voluntárias.

A irmã Amália é mais vítima que culpada. Certamente encontraria corações amáveis que a amparariam se tivesse esperado um pouco mais.

Faltou-lhe robustez na fé, é verdade, para entregar a Deus o próprio destino. De qualquer maneira, é uma Serva de Jesus que conta com o carinho de muitos que foram por ela amparados; advogaram por ela almas incontáveis.

Nossa Amália será reencaminhada à reencarnação numa aldeia singela das matas amazônicas onde conseguirá restabelecimento para os tecidos danificados do perispírito.

Teu pai, Bernard, já a antecedeu em demonstração de imenso amor e sacrifício. Ele ajudará as almas simples da aldeia e assumirá naturalmente a condição de líder espiritual lhes auxiliando o progresso. E será ele que terá Amália nos braços por primeira vez e a seguirá de perto vigilante.

Conhecedor dos segredos da natureza, não poupará esforços por garantir que Amália supere os primeiros anos na carne que serão difíceis dados os prejuízos causados, especialmente no órgão da respiração.

A reencarnação será breve. O suficiente para que ela se cure das lembranças angustiosas e refaça os tecidos da alma.

Teu irmão Tibério também ingressará com ela nesse programa para haurir da presença das almas que o impulsionarão na senda do progresso: sua mãe e seu pai.

Ele não possui nenhuma responsabilidade pelos últimos acontecimentos, mas é alma vinculada aos sequazes que humilharam tua mãe.

Espírito rebelde, Tibério é profundamente ligado a Damon desde tempos idos junto a tribos Otomanas. O vínculo estabelecido com Amália pelo processo da gravidez lhe permite permanecer sob nossos cuidados e vigilância.

Em aproximadamente um século, Tibério provavelmente será ambientado no sertão brasileiro onde iniciará o processo de aprendizado das leis de amor.

Nesse tempo vindouro, teu pai e eu envergaremos um corpo de carne e acompanharemos a trajetória de Tibério nos primeiros vinte anos da sua existência.

— Então, retornarás Dimitri? Tu e meu paizinho?

— *Sim. Teu pai envergará uma veste viril, uma personalidade cunhada nas lutas indenes junto às tribos nômades que vieram a formar a dinastia imperial de Otman I que originou o Império Otomano.*

A personalidade vigorosa permitirá que Bernard mantenha energia suficiente para os trabalhos pioneiros de levar Amor e Justiça, Trabalho e Cooperação, Educação e Cultura, sempre sob a bandeira do Evangelho de Jesus, aos perdidos Sertões do Sudeste brasileiro.

Estarei eu, em personalidade inversa à de Bernard, quase anônimo, porém fazendo o suporte espiritual a ele e aos demais dessa empresa importante.

Falarei de Jesus a homens ainda dominados pela matéria bruta, cujos olhares estarão voltados para o solo e o subsolo dessa terra rica.

Serão tempos duros que exigirão de nós expressiva capacidade para o sacrifício.

Damon será o primogênito de teu pai e de Amália cujos vínculos de amor são inquebrantáveis. Amália perecerá ao nascimento de Damon quitando-se assim com Lei.

Damon sofrerá a orfandade que impôs ao reverso à tua mãe que tinha em tua presença o arrimo imprescindível. Ele abraçará Antenor Ferreira que estará amparado por teu pai e por mim.

Serão irmãos em coração no curto espaço de tempo que permanecerão encarnados.

Ambos retornarão à Pátria muito cedo. Antero provavelmente permaneça na carne até próximo da puberdade. Não ficará mais porque poderá se perder no vício do álcool em razão dos desregramentos a que ele se entregou na romagem última. As imposições que Filipa lhe impôs no tempo que o subjugou com remédios e bebidas causaram ainda maiores danos nos tecidos sutis do períspirito. Mais de uma encarnação será necessária até que se livre da culpa, recomponha o corpo espiritual e finalmente se cure.

Eu e Bernard permaneceremos ainda nos sertões brasileiros por longos anos. Envergaremos a túnica de religiosos detentores de ideias quase heréticas para a Igreja arraigada aos preconceitos seculares.

Ao final da jornada deixaremos um legado que somente as gerações livres dos preconceitos da cultura doente do planeta poderão compreender.

Essa experiência será redentora para Amália. Penso que a partir de então ela robustecerá a fé que lhe faltou e passará a servir a Jesus onde seja necessário.

Conforme falei, Damon terá existência curta. Por volta dos oitos anos de idade retornará à Pátria e o entregarei em Espírito aos seus braços de mulher e aos braços de Amália que terá nele o filho amado pelo qual velará.

Amália seguirá guiando-o na senda do Bem, advertindo-o quando necessário a fim de que não se volte a perder nas ilusões da matéria e do ouro que tanto o sensibilizam até hoje.

E tu, querida Massália, permanecerás aqui em Héstia, velando então, por sua vez, por nós revestidos do corpo de carne.

Estimo que em trezentos anos, nosso Damon, já com o corpo saudável pelas reencarnações de transição, poderá retornar.

Empreenderá a tarefa de reunir os corações que um dia liderou.

Será um trabalho árduo que lhe exigirá extremos de paciência e resignação. Ele permanecerá rodeado, a maior parte do tempo, por almas ainda rudes e rebeldes. Algumas delas quase cruéis. Deverá, mais pelo exemplo que pela palavra, encaminhá-las para Jesus. Massália olhou vivamente para o amigo, feliz pelo planejamento já completamente esboçado do qual ela não tivera, até então, o menor conhecimento.

— *Oh, Dimitri! Que Deus abençoe teu carinho por todos nós. Meu coração se enche de paz porque agora tenho um roteiro para orar sobre ele.*

Confiemos em Jesus!

E, com o olhar cheio de esperança perguntou com uma expectativa quase infantil:

— *E, eu Dimitri? Estarei ao lado de Damon finalmente? Poderei estar com ele, servir a Jesus ao seu lado?*

Dimitri olhou-a com imenso amor paternal, moveu uma mecha de cabelo dourado de sobre a testa alva, como quem desejava prepará-la para mais um sacrifício.

— *Filha, Damon, após os acontecimentos que culminaram com a tua desencarnação, perdeu o direito de tê-la em sua companhia por tempo indeterminado.*

Ele atravessará algumas existências miseráveis em sequência rápida, conforme narrei, a fim de se libertar das memórias mais dolorosas. Você o acompanhará em Espírito, mas é improvável que venhas estar ao lado dele na experiência corporal.

Damon é alma indolente que precisa forjar em si mesmo a sensibilidade perdida nas existências vazias e fúteis que voluntariamente cultivou por longo tempo.

Entretanto, o amor que devotava a Damon fê-la quase implorar ao amigo querido:

— *Dimitri, por Deus! Preciso aproximar-me dele por agora ao menos! Ele é o meu tesouro infinito.*

Falo pela boca dele; vejo pelos seus olhos... Sinto toda a sua dor.

Permita-me usar minhas relações nas florestas para atendê-lo naqueles sítios sombrios repletos de consciências culpadas.

Aquele coração por mim tão amado, está seco de esperanças. Não encontrará em si mesmo as forças necessárias para sair da situação extrema. Deixa-me dar a ele o alento que seu psiquismo não possui.

Dimitri sabia da abnegação daquele coração. Massália seria capaz de se radicar nas regiões sombrias para estar ao lado do seu amor, e não pôde deixar de sorrir.

— *Minha filha... O amor cobre a multidão dos pecados. Nosso Mestre exemplificou o sacrifício supremo do coração que ama e intercede em favor dos seus irmãos.*

Sim, irás de quando em quando levar o bálsamo do teu carinho eterno ao coração ainda endurecido do nosso Damon.

Entretanto, minha querida filha, tu não poderás suspender nenhuma das tarefas que te cabem, em benefício dele, como aconteceu durante a recente permanência nos círculos densos.

Somente teus momentos de repouso estão permitidos.

Massália compreendeu o inesgotável carinho que aquele coração de irmão a ela dedicava e exultou de alegria.

Pela primeira vez, desde o retorno à Pátria, o brilho jovial que a caracterizava apareceu como por encanto e o sorriso largo voltou a tomar conta daquele rosto sempre magro.

E os braços quase esquálidos enlaçaram com vigor o amigo querido.

— *Obrigada meu irmão! Jamais serei grata o suficiente.*

Cada segundo do meu tempo livre será ao lado do ser amado.

Agora mesmo vou iniciar os preparativos para resgatar definitivamente o Amor da Minha Vida daquele ambiente hostil!

À pequena distância, Anatólio os aguardava contemplando a cena com o semblante deslumbrado. A sua *Princesa Saliens* sorria com entusiasmo. O melhor cenário para ele.

Uma atmosfera de alegria e contentamento envolvia aqueles corações que se irmanavam no amor de Jesus há vários séculos. Haviam percorrido longa estrada de testemunhos ásperos, sempre juntos.

E a fé era a sua maior conquista.

Ainda que no furor das batalhas que se haveriam de travar até que o Reino do Bem estivesse definitivamente instalado na Terra, essas almas permaneceriam firmes, amparando-se mutuamente.

NAS REGIÕES DAS TREVAS DENSAS

O corpo é o instrumento da dor. Se não é causa primária desta é, pelo menos, a causa imediata. A alma tem a percepção da dor: essa percepção é o efeito. A lembrança que da dor a alma conserva pode ser muito penosa, mas não pode ter ação física. (...)Os sofrimentos porque passa são sempre as consequências da maneira por que viveu na Terra.[12]

Um ser quase disforme movia-se sobre a lama pútrida sem nenhuma sensibilidade para com o horror do ambiente à sua volta.

Havia nele uma indiferença quase cruel. Perdera a noção do tempo e já não sabia se compunha ou se era ele mesmo o próprio ambiente.

_____

[12] O Livro dos Espíritos. Allan Kardec. Ed. Feb. Questão 257

O frio dos primeiros tempos já não o incomodava. Nem mesmo os animálculos que proliferavam por toda a parte eram objeto da sua atenção. Desistira de qualquer resistência moral.

Adamastor - Damon - esquecera o próprio nome. Já não se lembrava da sua condição humana. Tinha pouca consciência de si mesmo. O processo da hibernação estava se instalando rapidamente o que traria graves consequências para a recomposição da própria consciência.

Nesse estado de quase imobilidade sentiu um frêmito nas vísceras que o fez despertar daquele sono tumultuado. Soltou um esgar e uma lama fétida exalou da sua boca causando-lhe um estado de leve despertamento.

Começava a sentir as antigas dores e isso o fez gemer em alto tom.

Percebeu que era carregado por vigorosos braços e que seu corpo todo balançava fazendo com que o vômito fosse quase intermitente.

Uma clareira na floresta densa se abriu e alguma claridade se fez algures.

O Ser vigoroso das florestas colocou o corpo quase inerte de Damon numa improvisada maca de folhas e galhos. Possuidor de corpanzil cujas formas solicitam nossa acurada imaginação para desenhá-lo atou Damon seguramente na maca, porém com uma delicadeza inesperada.

O antigo comerciante Português, arrogante, rico e vigoroso, entregou-se àquela situação nova com a humildade dos doentes graves que já não esperam alívio para o seu sofrimento.

Caminharam por trilhas e despenhadeiros, típicos das regiões do Mediterrâneo, até chegarem a um abrigo natural em uma das encostas.

Uma fogueira era mantida acesa ininterruptamente trazendo calor e luz ao ambiente.

Damon foi acomodado com cuidado. Grave fraqueza o acometia em razão do tempo permanecido ao sabor das intempéries. Os vômitos intermitentes, porém, o estavam aliviando sobremaneira.

E, pela primeira vez depois de tanto tempo, sentiu que o sono lhe chegava de forma branda. Adormeceu.

Massália chega à entrada daquele abrigo entalhado na rocha pelas mãos do Criador e se aproxima do amigo da Floresta que balbucia um ruído perfeitamente compreendido por ela.

Trocam informações, ela sorri, acaricia o amigo, e murmura: — *Obrigada Vanir... Minha eterna gratidão!* E se dirige para o leito improvisado onde repousava o ser amado.

Ajoelha-se sobre as folhas e ramos silvestres e se deixa ficar contemplando o rosto credor das suas mais íntimas emoções.

Aquele momento eternizou-se nas regiões do amor imarcescível às agruras e às injunções da Terra.

Do coração da jovem que se elevava às Esferas sutis, começou a jorrar sobre o corpo de Damon energias argênteas que eram absorvidas pela região do centro coronário especialmente pela *glândula pineal* que parecia despertar de pesado sono.

A carga magnética emanada do coração amoroso de Massália assumia colorações harmoniosas e vibrantes que em profusão eram capturadas pelo complexo pineal.

As ondas magnéticas como que richoteavam nos minúsculos cristais de apatita que ali compunham uma "sala de espelhos" retendo aquelas energias que se comprimiam e se organizavam de acordo com a impressão da vontade da sua origem emanadora.

Suavemente, as ondas magnéticas que tinham origem numa inesgotável fonte de amor, eram encaminhadas para o líquor[13] e em seguida aos centros de força do corpo perispiritual[14] em desalinho.

As energias amorosas e saudáveis de Massália chegavam por esse processo a todas as células do corpo espiritual – períspirito - de Damon.

Engrenagens paralisadas pelo influxo da mente adoecida começaram a se movimentar.

Os centros de força se iluminaram passando a reverberar, no corpo sofrido, vibrações sutis e saudáveis nascidas do inesgotável amor daquela jovem.

A operação durou algum tempo, findos os quais Damon emitiu uma espécie de urro, e novamente exalou grande quantidade de matéria escura.

Carinhosamente, Massália tomou-o nos braços e dando impulso ao corpo espiritual desceu com o amado até as praias próximas daquela encosta.

---

[13] Líquor, ou líquido céfalorraquidiano. Também conhecido por fluído cérebro espinhal. É um fluído corporal estéril, incolor, encontrado no espaço subaracnóideo no cérebro e medula espinhal.

[14] Perispírito. Corpo Fluídico. Corpo Espiritual. É o elemento intermediário entre **corpo** e espírito. Possui composição idêntica ao corpo de carne. É o períspirito que confere a forma do corpo. Modelo organizador biológico.

O mar azul do mediterrâneo acolheu aquele casal cuja história se perdia no tempo, permitindo que os corpos de ambos fossem banhados pelas águas temperadas daquela região onde a nação francesa se instalara.

Retornando ao abrigo naquele rochedo, após rápidas operações de higienização e limpeza realizada por técnicas desconhecidas para os encarnados, Massália depositou o corpo profundamente adormecido do amado em macio leito de folhas perfumadas e repletas de energias balsâmicas.

Dirigiu-se ao silencioso Vanir que a observava e disse alegremente:

— *Ele dormirá calmamente.*

Retornarei para o seu despertar.

Ah! Meu amigo Vanir... Vela o sono do meu tesouro infinito!

E se despediu repleta de gratidão ao amigo e a Deus.

DORES MORAIS

> *Quando um Espírito diz que sofre, de que natureza é o seu sofrimento?*
> "Angústias morais, que o torturam mais dolorosamente do que todos os sofrimentos físicos"[15]
> *Como é então que alguns Espíritos se têm queixado de sofrer frio ou calor?*
> "É reminiscência do que padecem durante a vida, reminiscência não raro tão aflitiva quanto a realidade. Muitas vezes, no que eles assim dizem apenas há uma comparação mediante a qual, em falta de coisa melhor, procuram exprimir a situação em que se acham. Quando se lembram do corpo que revestiram, têm impressão semelhante à de uma pessoa que, havendo tirado o manto que a envolvia, julga, passado algum tempo, que ainda o traz sobre os ombros.[16]

Damon se recuperava lentamente. Não fazia ideia do tempo que estava naquele abrigo nem como fora parar ali.

---

[15] O Livro dos Espíritos. Allan Kardec. Ed. FEB. Questão. 255

[16] __ Questão 256

Mas estava cansado demais para se preocupar com isso.

No momento, o que lhe interessava eram os sonhos com sua Nina e que o assomavam ultimamente.

Preferia usar o tempo para buscar lembrar maiores detalhes dos sonhos que tanto o acalentavam. Vê-la, ainda que em sonhos, era a maior ventura que ele poderia desejar.

A presença do Ser que o amparara desde que abrira os olhos ali naquela encosta, por mais absurda que pudesse parecer, em nada o surpreendia.

Havia sofrido tanto nos ambientes gélidos daquela floresta sem fim que a presença de alguém lhe demonstrando senso de cuidado era motivo de grande conforto.

A primeira vez que o viu sentiu um magnetismo amável vindos especialmente dos olhos de Vanir.

Sim... Vanir.

Era esse o nome dele, assim lhe dissera a não menos inesperada Senhora que o visitava de quando a quando.

Quem seria aquela Senhora?

Foi o primeiro rosto que viu ao despertar do sono profundo. Aceitou-lhe a companhia e os cuidados com a mesma submissão de uma criança perdida que encontra um colo materno.

Lembrava-lhe detalhadamente o rosto fitando-o no momento que despertara. Sorria-lhe de forma tão tranquila que ele supôs estar diante de um Ser sobrenatural; chegou a pensar ter adentrado ao Paraíso; ou mesmo sonhar.

Mas não sonhava.

Sentiu as suas mãos suaves lhe secando a testa suarenta.

E à voz lhe perguntando se estava melhor, quase não conseguiu responder. Aquela voz... Ele já ouvira antes!

Quanta paz naquele lugar... O murmúrio das ondas do mar a se quebrarem nos rochedos daquele despenhadeiro que agora lhe servia de lar.

Sim. Estava melhor.

Não sabia onde se encontrava. Mas isso absolutamente não importava. Havia sonhado com Nina. Não queria mais nada.

Lembrou-se da Senhora lhe servindo um caldo reconfortante. Aqueles movimentos tranquilos se revestiam de um carinho inesquecível.

Quem seria essa Senhora de gestos tão delicados? Não se atrevia a perguntar.

Quando ela demonstrou que iria se levantar para talvez retornar para de onde viera, Damon balbuciou:

— *Obrigado. Mil vezes obrigado!*

E sem que pudesse controlar, copiosas lágrimas lhe rolaram pela face. Naquele instante, Damon em quase nada lembrava o homem vigoroso e até hostil de antanho.

A Senhora adiou a retirada e se acomodou calmamente ao seu lado, testemunhando aquele choro que lhe balsamizaria o coração e ficaria gravado em sua memória para sempre.

— *Perdoe-me Senhora. Meus dias têm sido de grande tortura. Durante o tempo em que pinçavas minhas feridas eu não pude deixar de temer estar apenas sonhando.*

Sou alma atormentada por grandes culpas.

Sei que Deus jamais me perdoará...

— *Não diminuas a magnanimidade de Nosso Pai e Senhor.*

Todos nós somos Seus filhos bem amados, ainda engatinhando na longa estrada da evolução.

Acalmes teu coração.

Eu virei sempre que puder.

Vanir ficará contigo fazendo-te companhia. Ele é meu amigo fiel de longa data. E será teu prestimoso Guardião. Mas, por agora, procura descansar.

— Senhora... Posso saber-te o nome?

— Chama-me Gláucia... Até breve...

O sorriso daquela despedida lhe infundira confiança. Um reconfortante sentimento de alegria deixou-o quase feliz.

Observou Gláucia se comunicar com Vanir e ambos saírem.

Antes de iniciar a caminhada, a Senhora Gláucia voltou-se uma vez mais e lhe endereçou um largo sorriso. Damon os viu afastar até os perder de vista numa curva próxima.

Algum tempo depois, Vanir retornou e permaneceu silencioso, porém ativo. Damon se sentiu completamente em casa. E adormeceu novamente.

As horas e os dias seguiram assim. Cálidos e serenos, com Damon recuperando a vitalidade a cada dia.

Paradoxalmente, à medida que as forças aumentavam e as dores físicas diminuíam, Damon sentia uma dor imensa lhe invadindo as entranhas.

Não sabia dizer onde estava essa dor. Ela tomava conta de todo o seu Ser, sendo impossível a ele localizá-la.

A lembrança de Nina dilacerava.

Como pudera ter sido tão cego e egoísta, entregando-a aos seus algozes como o fizera?

Não importa que os planos dos seus assassinos não lhe fossem do conhecimento.

Damon não se perdoava por ter pedido a Nina para ir-se com eles, garantindo-lhe que em breve se reuniriam.

Quando Nina partiu, ele sentiu certo conforto.

E como era do seu costume, com o passar do tempo e o envolvimento cada vez maior nos negócios, foi abrandando em si mesmo a decisão de voltar a vê-la.

Ele já fizera isso antes com tantas outras mulheres.

Dava-lhes dinheiro e elas seguiam felizes e satisfeitas sabendo que jamais o veriam novamente.

Mas Nina...

Desde que a conhecera sentiu algo muito diferente. Não era como as outras.

Ficar ao seu lado refrigerava a sua alma sempre tão ocupada com as coisas do mundo.

Comerciante, próspero, visitava os vários portos comerciais existentes na Península Ibérica e sul da França, fazendo girar seus negócios e ampliando assim, sobremaneira, os recursos que recebera do pai.

Casado, via na esposa menos a companheira conjugal e mais a sócia ativa e com grande tino para realizações lucrativas.

Considerava ideal a sua união com Eugênia.

Na condição de homem se autorizava experiências que lhe viessem compensar a atividade intensa que a manutenção dos negócios lhe exigia.

Sentia-se homem ditoso e, porque não dizer, feliz.

Respeitado na sociedade mais por seus dotes econômicos que por atributos morais, era o senhorio de vastos domínios na Península Ibérica e em especial no Sudeste da França onde mantinha pujante entreposto comercial.

Naquele porto do Mediterrâneo, fundado seis séculos antes de Cristo pelos gregos de Foceia, na Península de Anatólia[17], Damon fincara a sede principal da sua Companhia, ampliando os igualmente prósperos negócios de Portugal.

Grande parte dos navios que ali aportavam traziam ao comerciante, produtos vindos do Oriente.

Artigos de luxo tais como os veludos, sedas, tapetes turcos e pedras preciosas eram a rotina daquele Senhor já acostumado com o dinheiro e o poder que dele advinha.

Ainda do Oriente, ele recebia produtos considerados especiarias tais como o açúcar, pimenta, cravo, cinamomo. Outros itens compunham os estoques daquele importante senhor de negócios.

Damon era o próprio agente disseminador de progresso. Onde estivesse fazia circular mercadorias tais como tinturarias variadas, drogas da farmacopeia como o alcaçuz, aloés, ruibarbo e tantos outros produtos de necessidades que atendiam a civilização que iniciava a fase pós-idade média.

Em que pesem tantos produtos e insumos, o principal item comercializado por Damon era o algodão que vinha da Anatólia, especialmente da Antioquia e Siria do Norte.

---

[17] Ásia Menor

Damon, que fora um jovem cheio de ideais nobres, tornou-se homem de pujantes negócios, rico de bens materiais, poderoso e influente nas comunidades que integrasse.

Dinheiro e poder não lhe faltavam; os dois alimentos preferidos do egoísmo e do orgulho nas almas frágeis.

Nosso Damon, assim, integrava o seleto grupo de banqueiros e donos de companhias comerciais, constituindo a burguesia que havia significado o declínio do Senhorio e do Feudalismo.

Como chefe de família, mantinha os padrões da cultura feudal, se colocando na condição de "cabeceira de mesa". *Damon não assenta à cabeceira da mesa; a cabeceira da mesa é onde Damon se assenta.*

Essa frase dita em tom jocoso encerrava uma verdade: a cristalização da sensibilidade e dos ideais do jovem *"Damon"* como era carinhosamente conhecido por amigos e familiares na adolescência.

Damon fazia uma espécie de paráfrase da resposta que Dom Sebastião, Rei de Portugal e dos Algarves[18], a um dos seus que lhe vem informar o escândalo que Camões[19] estaria protagonizando.

Convidado pelo Rei, Camões, desavisado das regras do ambiente em razão dos anos de exílio e da própria personalidade divagante, assentou-se à cabeceira da mesa enquanto aguardavam a presença da autoridade máxima.

---

[18] Rei de Portugal – 1557 – 1578. Nascido em Lisboa, desapareceu na África gerando o serbastianismo, uma espécie de crença messiânica no seu retorno ao país.

[19] Luis de Camões, poeta português. 1524-1580 (Lisboa). Escreveu Os Lusíadas.

Os mais sensíveis sofreram vertigens histriônicas diante da cena completamente inesperada. O convidado sentara-se na cabeceira da mesa!

Então, diz a lenda, que Dom Sebastião, "o Desejado", admirador incomum do gênio boêmio e desatento de Camões, replica mais ou menos assim:

"Ele não cometeu nenhum deslize porque a cabeceira da mesa é onde o Rei está. O Rei é a cabeceira da mesa!"

É uma lenda certamente.

Mas nosso Querido se identificou com ela.

Em suas reflexões, Damon, questionava justamente esse aspecto de si mesmo.

O que fizera sua relação com Nina ser tão diferente das demais?

Por que somente agora percebia o significado dela em sua vida?

Sempre se colocara na condição de tomador dos predicados femininos para atender as próprias necessidades pessoais.

Mesmo a relação materna era vista por ele dessa maneira.

A mulher era uma serva das necessidades masculinas. Nada mais que isso.

Mas Nina... Somente agora se dava conta de que ela significava o refrigério da sua alma endurecida e não o objeto da sua predileção nos momentos das exigências do corpo.

Por que atendera tão facilmente aos argumentos do sócio avarento?

E por que jamais cedera aos ímpetos de procurá-la como havia prometido à sua Menina?

Essas questões lhe atormentavam o Ser de forma intensa.

Personalidade refratária aos ideais de nobreza que foram sufocados ainda na adolescência quando escolhera os cuidados do mundo, Damon se sentia, agora, vazio de realizações.

Aquela entrância na rocha se tornou seu abrigo e seu lar. Não se afastaria dali.

Comparava aquele *quase nada* com as suntuosidades das suas várias residências.

O brasão de família e marca indelével do orgulho e da arrogância que ele soubera tão bem regar e sustentar lhe parecia quase ridículo.

Ele iniciava o exercício das reflexões que o acompanhariam em diante.

Damon não sabia ao certo o que consigo se passara.

Lembrava vagamente da febre e dos delírios; por óbvio, não sucumbira à doença. Certamente a família estaria à sua procura.

Mas não voltaria jamais.

Lembrava com inefável angústia o momento em que a esposa lhe comunicou às gargalhadas que Nina estava morta.

Nina jamais havia chegado ao destino. Bem antes fora assassinada por Joana sob as vistas de Filipa e Antero.

Eugênia certificou-se pessoalmente que as rapinas se encarregassem de eliminar cada pedaço daquele corpo que ela odiava.

Por anos a fio, a esposa aguardou o momento de relatar em detalhes como se livrara da *incômoda herege.*

Como que tomada por poderosa força sombria, demonstrava estar sentindo grande prazer no momento daquela narrativa torpe e vil.

Eugênia sempre soubera das mulheres que serviam ao marido.

O fato do esposo, e sócio nos negócios, buscar prazeres fora de casa até lhe causava conforto já que não sentia por ele afeto conjugal algum.

Entretanto – por paradoxal - desde que soubera da existência da jovem, passou a odiá-la e desejou lhe destruir a vida.

Conseguido o desiderato, ainda não estava satisfeita. Por si, tê-la-ia desaparecido várias vezes.

Então aguardou o dia em que teria a chance de eliminá-la novamente. Seria quando chegasse o momento de contar a Damon os detalhes da ação que considerava um favor ao catolicismo. Sua ação rápida poupou ao mundo a presença de mais uma herege com ideias que colocavam em risco a única e verdadeira religião.

Mas também sentia ódio do afeto notadamente diferenciado que o marido dispensava àquela "mal nascida".

— *Os olhos dela foram os primeiros a serem devorados pelas aves pestilentas. E depois o que restou foi degustado saborosamente pelos répteis famintos.*

Damon não acreditou no horror daquele relato que lhe era jogado ao rosto pela mulher com a qual dividira a vida por tanto tempo.

Em desabalada carreira, com a mente em febre, buscou o sócio – Antenor Ferreira - que se encarregou de levar Nina para longe; algum outro porto do Mediterrâneo. Confiava nele como irmão.

Antenor retornou doente da "missão". Uma febre o acometera. Assim lhe informaram

Desde então Antenor nunca mais fora o mesmo. Perdera a razão. Andava em círculos e repetia palavras ininteligíveis.

Tentara várias vezes, em vão, conversar com ele sobre Nina.

Nessas ocasiões, Antenor Ferreira começava a falar freneticamente, apontava para um local imaginário e se tornava irritadiço. Isso agastava Damon que então preferia deixar o assunto para quando ele estivesse saudável.

Mas o sócio não saia daquele estado ensimesmado e estranho.

A doença do sócio foi significativa para adiar indefinidamente o propósito de ir ao encontro de Nina como havia prometido.

Com o passar do tempo, Nina se tornou uma lembrança longínqua até que quase desapareceu da sua memória tamanha a ferocidade com que se entregou aos negócios.

Na última semana, entretanto, Nina lhe retornara à memória. O tédio da vida confortável dominou-lhe as entranhas e sentiu quase insuportável falta daquele riso juvenil, da sua menina.

Como pode esquecê-la por tanto tempo? Onde estaria Nina? Iria ao seu encalço. Ficaria com ela onde estivesse. Pediria perdão pela demora. Diria qualquer coisa. Ela certamente ficaria feliz ao vê-lo. Levaria presentes para sua menina. E não a deixaria nunca mais.

Para compensar a esposa, Damon decidiu entregar a Companhia para Eugênia.

Prisioneira das moedas de ouro, várias vezes a surpreendeu contando e acariciando-as nos inúmeros cofres repletos.

As joias, as pedras preciosas, parte do mundo que construíra com a mulher que desposara há mais de trinta anos, começavam a enjoá-lo.

Damon refletia: *Deixaria a maior parte da riqueza com ela. Levaria somente o necessário para começar uma vida diferente com a sua Nina. Procuraria as Amas que acompanharam sua menina e elas certamente lhe diriam onde fora deixada. Gastaria o que fosse necessário para encontrá-la.*

Assim que deliberou internamente por isso, Damon deixou a sede da Companhia e rumou à majestosa residência da família naquele porto, ansioso por comunicar a decisão à mulher. *Certamente –* pensava - *que a Senhora Eugênia não oporia nenhuma resistência. Afinal a vida conjugal de ambos se resumia aos negócios e a contar os lucros.*

Senhora Eugênia provavelmente sentiria alívio.

Carregar aquele casamento era um fardo para ambos.

Ele viajaria, e tempos depois ela poderia comunicar seu falecimento em águas do Mediterrâneo.

Na condição de viúva rica, e ainda jovem, poderia desfrutar dos prazeres que o dinheiro sempre proporciona.

Na mente febril de Damon isso fazia todo o sentido.

Após o almoço, que raramente fazia na rica residência oficial, Damon e Eugênia se reuniram em ampla sala contígua à das refeições.

Cuidadosamente, iniciou a conversa com a esposa. Escolhia as palavras.

Eugênia - exceção à regra dominante na época - era culta e vigorosa. A maioria das mulheres não acessava o conhecimento formal, mínimo que fosse.

Consideradas inferiores aos homens, até por elas mesmas – as mulheres – sofriam constantes torturas domésticas.

Sofrimentos morais e físicos impostos pelos cônjuges eram tolerados e até considerados normais.

Damon era uma grata exceção também. Nunca pensava em subjugar a esposa a quem devotava amizade sincera.

Eugênia era mulher de personalidade forte e extremosa no culto da religião católica.

Fervorosa segundo o entendimento que possuía sobre a religião, dedicava parte das manhãs a genuflexões e petitórios na capela que compunha um dos cômodos da sua residência.

Fazia ofertas vultosas à Igreja, tinha séquito de seguidores e era reconhecida como exemplo de Cristã.

Pregava os dogmas da Igreja com rigor e inflexão e não poupava críticas às ideias reformistas.

Essa posição firme na defesa dos princípios católicos conferia a ela o respeito e a admiração dos clérigos em geral.

Em Portugal, liderava vasta rede de fiéis que em verdade, eram devotos da sua própria pessoa.

Aos que seguissem as suas sempre firmes e convictas orientações, Eugênia garantia atenção e cuidados permanentes. Era sempre pródiga no aconselhamento de quantos a procuravam, especialmente a elite religiosa da época.

Após estabelecer residência também na França, cuidou de levar consigo cartas de recomendações a fim de que a breve tempo dispusesse, também naquele ambiente, dos mesmos privilégios clericais.

Em poucas semanas já havia apoiado eventos beneficentes, financiado inúmeras ações dos fiéis da Igreja, feito doações generosas aos religiosos e com isso granjeado significativo número de seguidores.

Eugênia decidira transferir-se para a França após o sócio nos negócios, Antero Ferreira, tê-la advertida que seu casamento estaria em risco.

Segundo ele, Adamastor *perdera a cabeça* por uma jovem estranha e sem juízo. A dedicação de Adamastor aos negócios não era mais a mesma.

Ausentava-se por dias e até semanas em viagens e cortejos à jovem que lhe arrebatara a razão.

O que mais motivara Antero Ferreira a solicitar a intervenção de Eugênia foi o sentimento de ter perdido a convivência com Adamastor.

Devotava ao sócio profundo sentimento fraternal. Tinha-o na condição de amigo e irmão e não se conformava com a ausência de Damon na sua vida, nas reuniões, nos projetos pelos quais ele já não se interessava tanto.

Sentia falta, principalmente, das diversões que nas horas vagas costumavam realizar juntos.

Antero pensava de si para consigo mesmo, que Eugênia resolveria essa situação e tudo voltaria ao normal.

Encontrariam ambos a solução para o caso.

Continuando seu propósito, Antero Ferreira, relatou que Adamastor silenciara na França sua situação conjugal de casado, fazendo entender, sem deixar explícito, que seria viúvo.

Isso teria tranquilizado a mãe da jovem e ela mesma, sendo o romance deles conhecido de toda a comunidade daquele porto.

A cômoda permanência da esposa em Portugal, fora fator determinante, na visão de Antero, para que as coisas chegassem a esse ponto.

O relato de Antero encontra eco em Eugênia que se é tomada por aversão que evolui rapidamente para o ódio. Informa Antero que se tratava de *moçoila* pobre e desconhecida, com ideias religiosas estranhas que pareciam reformistas, ou até mesmo bruxaria.

Eugênia jamais se importara – antes - com a vida extraconjugal do marido.

Por esta vez, entretanto, sentiu verdadeira ameaça no ar. Inicialmente pensou nos negócios, para logo depois imaginar a jovem como alguém que lhe subtraíra o controle que sempre mantivera sobre a mente de Adamastor.

Não permitiria isso.

Faria o necessário, qualquer coisa, para recuperar a posição usurpada por uma *ninguém*.

E, se ela fosse essa *herege* que Antero garantia, então, teria o beneplácito da Igreja.

Iria à França, até Marselha, ergueria rica residência, e colocaria tudo nos seus devidos lugares.

Assim decidida, Eugênia chega ao porto de Marselha quase que de surpresa, e ali se fixa, mantendo discrição sobre os fatos que conhecia.

Imediatamente, colocou em ação o plano meticulosamente delineado.

Contava com a cumplicidade de Antero Ferreira e servas que lhe eram fiéis, especialmente Joana, Filipa e Colina.

Joana e Colina eram almas frágeis, com esclarecimento limitado. Serviam cegamente a Eugênia. Viam-na como alguém superior a quem deviam submissão absoluta.

Filipa, ao contrário, era personalidade forte e combativa. Usava a feminilidade para dominar e influenciar no meio onde estivesse.

Servia a Senhora mais por espírito prático e ambições financeiras que por admirá-la.

Eugênia sabia muito bem manipular seus servidores e iria usar cada uma delas da melhor forma no momento aprazado.

De tal maneira Eugênia conseguira controlar os acontecimentos que Damon nem de longe poderia supor que ela conhecesse a sua ligação com Nina, qualquer que fosse ela.

Então, estamos naquele momento em que Damon se dispunha a informar a mulher da sua intenção de partir para sempre.

Ele iniciou a conversa com qualificativos à pessoa da esposa lhe enaltecendo a postura firme na condução dos negócios e na manutenção do equilíbrio do lar.

Quase ingênuo Damon considera o silêncio de Eugênia um incentivo. Continua falando agora de si mesmo e do desejo de se aposentar para viver de forma diferente a partir dali.

Eugênia, extremamente perspicaz, sabia exatamente onde o marido desejava chegar.

Aguardou silenciosamente até que ele esboçasse todo o seu plano de *libertar* a ambos um do outro.

Damon jamais esqueceria as palavras que saíram da boca de Eugênia, nem a entonação, nem o sarcasmo... Nada!

Num ímpeto de loucura, avança sobre ela que cai por sobre uma pequena mesinha repleta de copos e taças de cristal e garrafas de bebidas variadas.

A queda e os fragmentos dos cristais e vidros quebrados lhe causaram graves ferimentos e várias fraturas.

Eugênia perderia os movimentos de uma das pernas pelo resto dos seus dias.

Damon sem nem pensar em socorrer a esposa, sai em desabalada carreira e o vamos encontrar à porta de Antero Ferreira socando-a ferozmente.

A porta é aberta e ele entra aos gritos procurando pelo sócio que encontra sobre a cama em febre alta praticamente às portas da morte.

Damon então sai frêmito à procura das Amas que residiam em local próprio reservado aos criados do grande casario.

Encontrou Joana.

— *Mulher, que fizestes de Nina? Diga-me ou estrangulo-te agora, com minhas próprias mãos! Onde está Nina?*

A ama Joana, que aguardara o dia da prestação das contas, relata com detalhes o que ocorrera naquela noite trágica.

Damon se afasta horrorizado, deixando Joana em prantos. Aqueles seriam os primeiros sinais do arrependimento e do remorso que a acompanhariam por séculos à frente até que pudesse reparar o ato infeliz perante as Leis do Eterno.

Estamos no ano de 1720 da era cristã, quando a segunda peste negra assola aquela região, especialmente a cidade de Marselha onde esses fatos se desenrolaram.

Damon vaga pelas ruas estreitas e adentra as matas próximas sem se dar conta do rumo que tomava.

Ele foge de si mesmo. Não deseja parar. Quer morrer de exaustão e não percebe quando as forças físicas o deixam e ele cai inerte no chão úmido daquela floresta mediterrânea.

Ali permanece por longo tempo até que um eremita o encontra em febre alta, o leva para sua tapera e procura cuidar dele.

Damon delira por dias e noites até que o corpo dá sinais de falência generalizada e os vínculos que o prendiam ao períspirito começam a se romper.

Em algum momento o coração não suporta a sobrecarga e a máquina que mantém o corpo organizado e para de funcionar.

Nosso Damon compôs a estatística das vítimas daquela peste. Antero Ferreira também.

A Companhia de ambos recebera fardos de algodão e tecidos contaminados com o bacilo de Yersen responsável pela peste.

Em realidade, o anseio de Damon por rever Nina, era resultado da presença Espiritual dela junto à sua Casa Mental nos últimos dias.

Logo que lhe ocorreu a contaminação pelo bacilo, Nina veio amparar o Amado que haveria de sucumbir à febre fatal.

ASSIM É O AMOR

Podem dois seres, que se conheceram e estimaram, encontrar-se noutra existência corporal e reconhecer-se?
"Reconhecer-se, não. Podem, porém, sentir-se atraídos um para o outro. E, frequentemente, diversa não é a causa de íntimas ligações fundadas em sincera afeição. Um do outro dois seres se aproximam devido a circunstâncias aparentemente fortuitas, mas que na realidade resultam da atração de dois Espíritos que se buscam reciprocamente por entre a multidão."[20]

A casinha de barro e palha, coberta de colmos[21], abrigava duas almas simples que viviam em harmonia somente passível de ser encontrada nos seres cuja consciência encontrou a tranquilidade.

---

[20] O Livro dos Espíritos. Allan Kardec. Ed. FEB. Questão 386.

[21] Colmo é um tipo de caule que podem ser ocos ou cheios encontrado nas gramíneas como: cana-de-açúcar, milho, arroz, bambu.

Mãe e filha, Amália e Massália, se preparavam para o sono reparador depois do dia exaustivo de trabalho no Empório do Porto.

As camas eram feitas de estacas e tranças de folhas de palmeiras que Amália primorosamente sabia como tecer.

Um fogão de barro, habilidosamente construído por Amália, mantinha um fogo e um braseiro que aquecia o ambiente cuja simplicidade o tornava ainda mais acolhedor.

Massália, sempre falante, nesta noite estava silenciosa, pensativa.

Amália percebeu que algo diferente emanava da filha amada, mas aguardou para certificar-se melhor após as orações da noite.

Um vaso de água limpa foi colocado sobre uma mesa singela e improvisada com materiais recolhidos no cais do porto, e modificados pelas mãos artesãs de Amália e Massália. Desde cedo, aquela adolescente dividia seu tempo entre escritos, leituras e tarefas domésticas que partilhava alegremente com a mãe.

Massália era filha sempre preocupada em minimizar as lutas daquele coração materno que, ela sabia, guardavam, em seus escaninhos, histórias de renúncias e sacrifícios cujos detalhes a mãezinha procurava poupar a filha querida.

Sobre a mesa, também foi colocado antigo e bastante manuseado exemplar do texto bíblico. Ambas consideravam aquele livro o maior tesouro daquele lar onde o amor de Jesus reinava absoluto.

Apesar de a Bíblia se ter difundido exponencialmente naquela região, um exemplar do texto sagrado não era encontrado facilmente em lares pobres e simples como aquele.

No ano de 382, depois de Jesus Cristo, o bispo de Roma designou o excelente exegeta Jerônimo para realizar uma tradução das escrituras que se tornaria oficial.

Jerônimo passou vinte anos na Palestina, envolto na difícil tarefa de definir, dentre os incontáveis textos, quais se aproximavam dos originais desaparecidos.

Nesse período, estudou hebraico com rabinos importantes e examinou quantos manuscritos conseguiu reunir.

Finalmente, Jerônimo deu a tarefa por concluída sem que pessoalmente estivesse satisfeito com os resultados. Entretanto, seu esforço legou ao mundo a tradução das Escrituras para o latim, permitindo, a partir daí, que a *palavra* pudesse alcançar maior número de pessoas.

Essa providência permitiu que a bíblia se difundisse por todas as regiões do Mediterrâneo até o Norte da Europa.

Mãe e filha tomaram assento e continuaram a leitura do Evangelho de Lucas: A parábola do Bom Samaritano.

Mas ele, querendo justificar-se, perguntou a Jesus:
E quem é o meu próximo?"
Em resposta, disse Jesus:
"Um homem descia de Jerusalém para Jericó, quando caiu nas mãos de assaltantes.
Estes lhe tiraram as roupas, espancaram-no e se foram, deixando-o quase morto.
Aconteceu estar descendo pela mesma estrada um sacerdote. Quando viu o homem,
passou pelo outro lado.
E assim também um levita; quando chegou ao lugar e o viu, passou pelo outro lado.
Mas um samaritano, estando de viagem, chegou onde se encontrava o homem e,
quando o viu, teve piedade dele.
Aproximou-se, enfaixou-lhe as feridas, derramando nelas vinho e óleo. Depois
colocou-o sobre o seu próprio animal, levou-o para uma hospedaria e cuidou dele.

No dia seguinte, deu dois denários ao hospedeiro e lhe disse: 'Cuide dele. Quando eu voltar, pagarei todas as despesas que você tiver'.
"Qual destes três você acha que foi o próximo do homem que caiu nas mãos dos assaltantes?"
"Aquele que teve misericórdia dele", respondeu o perito na lei. Jesus lhe disse: "Vá e faça o mesmo". [22]

Comentaram o texto fazendo dele uma análise profunda.

Ambas teceram observações sobre as incontáveis tentativas dos *doutores da lei* de criarem situações incômodas para que Jesus se contradissesse ou confrontasse éditos das autoridades romanas. A habilidade do Mestre, de colocar o interlocutor em estado reflexivo para concluir por si mesmo o que desejava ouvir-lhe da boca, foi mais uma vez abordada por elas que já conheciam a parábola de estudos anteriores.

Ali, naquele ambiente desprovido de qualquer refinamento, a figura do *caído* teve especial relevância. Amália relembrou as abordagens do pai de Massália sobre essa representação. O homem desfigurado e nu, não podia ser reconhecido quanto à sua origem familiar, nacionalidade, ou mesmo a condição financeira. Ele representava o próprio estado de necessidade em si mesmo considerado. Alguém que reclamava atendimento de urgência sem que se pudesse identificar quem estaria sendo beneficiado.

As palavras *compaixão* e *misericórdia* assumiam significado cuja compreensão demandaria o amadurecimento da humanidade ainda insensível e rude. Ambas falavam sobre isso sonhando com o dia em que o Reino de Deus estaria implantado na Terra.

---

[22] Bíblia Sagrada. Lucas, 10, 20- 37

Finalmente, Jesus viabilizando o entendimento de que o Samaritano seria o *próximo do caído*, e, por consequência quem teria acesso à vida eterna, permitiu identificar o significado profundo da religião.

Sem perceberem com os sentidos do corpo, a duas mulheres estavam acompanhadas de considerável número de companheiros invisíveis.

Espíritos nobres em atividades nas imediações; Espíritos simples; Seres da Natureza; todos se reuniam em torno daquela mesinha improvisada, criando no ambiente uma atmosfera não encontrada nos mais refinados palacetes.

Terminada a reflexão, mãe e filha fizeram a prece ensinada por Jesus, o Pai Nosso, e deram por encerrado aquele momento sagrado.

A casinha simples estava iluminada. Viajores desencarnados que vagavam sem rumo se aproximavam da luz e do calor que emanavam daquele ambiente e eram atendidos pelos Espíritos experientes que os encaminhavam para postos de socorro.

Um farol em meio à noite escura.

Acomodaram-se em suas singelas camas, cujos alvos colchões confeccionados com tecidos de algodão continham em seu interior palhas secas que davam certo conforto ao sono daquelas almas satisfeitas com a vida que levavam.

Dona Amália prestava serviços no Empório do Porto, um estabelecimento que comercializava o que poderíamos considerar: *de tudo um pouco.*

Cabia-lhe manter a limpeza do local e, eventualmente, atender um ou outro comprador, prestar informações e outras rotinas similares.

Naquela noite, Dona Amália estava apreensiva. O estabelecimento estava sendo vendido.

O proprietário, Senhor Manuel, comerciante antigo no Empório, falecera há algumas semanas e seu filho único decidiu partir para outras empreitadas e se desfazer do negócio do pai.

Quem seria o novo proprietário? Como ficaria a sua situação? Estava apreensiva, mas procurava não demonstrar.

Sua preocupação, entretanto, não a impediu de perceber o silêncio incomum da filha. Aguardou pacientemente que Massália começasse a falar.

Deitada com as mãos entrelaçadas em torno da nuca, olhando para as palhas que formavam desenhos interessantes no teto, a jovem quebra o silêncio.

— *Mère[23]... a senhora sabe o que é um bacalhau?*

— *Um bacalhau filha? Sei sim. E você também sabe. É aquele peixe ressecado e salgado que é muito vendido por todo o Empório. Mas porque você se interessou por isso?*

— *Aquele peixe que tem um cheiro horrível, mãezinha? Ohhhh!!* – Massália fez uma expressão de nojo. *Nunca nem cheguei perto Mère! Não sabia que se chamava bacalhau.*

Massália falou de si para consigo:

— *Mas aquele Senhorzinho não cheirava como um bacalhau, não!*

— *Filha... que dizes?*

---

[23] Mãezinha

— Um Senhorzinho que foi lá no "Seu Manuel", hoje, quando a Senhora veio aqui em casa descansar um pouco e eu fiquei tomando conta.

Ele disse que eu estava olhando para ele como se ele fosse um bacalhau.

Mas ele não parecia de jeito nenhum um bacalhau.

E ele tinha um cheiro muito bom Mère. Perfumaaaadooo... Massália deu ênfase às vogais.

Amália sentiu um calafrio na espinha. Jamais ouvira a filha se referir a alguém dessa maneira. Menos ainda a um Senhor fosse ele quem fosse. Era uma menina que vivia correndo em busca de borboletas e brincadeiras com os animais. Não se fixava em nada.

Ao calafrio, Amália sentiu um mal estar súbito e um pressentimento de que sua filha estava correndo perigo.

— Conte-me filha. Como se deu essa conversa com seu conhecido novo?

— Mãezinha, eu não lembro direito porque eu fiquei olhando para ele e não conseguia pensar em nada.

Ele não parava de falar.

Dava ordens e ordens... Parecia até o dono de tudo.

E eu não conseguia nem me mover.

Depois ele começou olhar toda a "venda"[24].

---

[24] Forma coloquial de se referir ao local onde eram vendidos os mais variados produtos; pequeno estabelecimento. Especificamente, Massália estava se referindo à "Casa de Aviamentos do Manuel", que era conhecida como "Venda do Manuel". Aviamentos significa o valor agregado à mercadoria constante no estabelecimento, ou seja, o lucro propriamente dito. Aviamento passou a substantivar o próprio estabelecimento.

Ele trazia uma espécie de um chicote e ficava batendo nas coisas, e até na própria mão.

Sinceramente, espero que ele não maltrate os animais com aquele chicote.

— *Ele lhe disse o nome filhinha?* Amália perguntou num fio de voz.

— *Não, mãezinha. Ele parou de falar comigo e ficou levantando as coisas, mexendo em tudo. Depois, foi embora. Mas, antes ele me disse: Menina, eu volto amanhã. Estejas aqui logo cedo!*

— *Meu Deus! Quem será esse Senhor minha filha? Estou com um pressentimento ruim.*

— *Mère! Não se preocupe! Eu gostei tanto dele! Não vejo a hora de chegar amanhã cedo!*

— *Filha... não quero que você vá amanhã ao Empório e menos ainda na "venda". Não quero que esse Senhor volte a falar com você, minha querida.*

Massália ficou surpresa com a determinação da mãe. Entretanto, como era do seu feitio, acatou-lhe a orientação sem procurar saber, ou entender, as razões.

Noite insone para Amália que, inutilmente, tentava se livrar da impressão que o relato da filha lhe causara. Orou a Jesus pedindo proteção. A filha era o Sol da sua vida.

À mente de Amália voltaram imagens de períodos difíceis vivenciados ainda na Antakia, a antiga Antioquia. Bem diferente do fausto dos tempos ancestrais, a cidade dominada pelos Turcos, desde a ascensão do Império Otomano, era a sua terra natal.

Naqueles sítios exuberantes de misterioso magnetismo religioso teve acesso ao Evangelho de Jesus.

As muralhas repletas de história em cada uma das partículas que a compunham, faziam-na como que "recordar" as vivências dos primeiros cristãos.

Sua inesquecível e serena mãe, Galena, percorria aquelas paragens de belezas naturais e lhe narrava as viagens dos cristãos primitivos, suas sagas e sacrifícios que imortalizariam para sempre a Boa Nova de Jesus.

Aprendeu com Galena um jeito especial de acreditar em Deus, de venerar toda a Criação.

Muito cedo se consorciara ao pai de Massália.

Conhecera Bernard de Chermont ainda criança, quando sua família aportou a Península da Anatólia.

Bernard pertencia a um ramo de família com certa ascendência de nobreza que ele fazia de questão de não comentar.

Aliás, todos os seus familiares próximos eram pessoas simples e humildes, em que pese o conforto financeiro que desfrutavam.

Ali vieram com o objetivo de difundir o Evangelho de Jesus na região, uma vez que o Império Otomano conferia relativa liberdade religiosa aos povos conquistados.

A afinidade das famílias estabeleceu um ambiente de amor e reciprocidade.

No desabrochar da juventude, quase naturalmente, os adolescentes descobriram que o amor avançara para além da amizade fraternal.

Amavam-se. Queriam constituir uma família. Massália coroou a ventura do Lar Cristão que formaram.

Quando Massália completara cinco anos de idade, seus avós paternos e demais familiares foram convocados a assumir uma herdade na Península Ibérica, no sul de Portugal.

Todos retornam, exceto Bernard e Amália. Reunidos a Galena e Massália, permaneceram na cidade. Desejavam continuar ali, onde o cristianismo houvera nascido sob a orientação segura de Lucas que convencera os seguidores do Cristo a se chamarem Cristãos.

Amália, não conseguia impedir as recordações que sempre a levavam às lágrimas.

Aos dias de ventura seguiram os da doença grave que vitimou Galena de Chloros e Bernard de Chermont, com poucos dias de diferença.

Solidão, desespero, desamparo. Não fosse a filha e Amália ter-se-ia jogado no Mar do Mediterrâneo.

Não poderia permanecer naquele ambiente onde tudo lembrava os dias felizes. Precisava ir para longe. Bem longe.

Não queria ir ao encontro da família de Bernard. Não. A dor seria insuportável. Mas, sabia que eles viriam buscar Massália quando soubessem do ocorrido.

Então, num ímpeto, tomou a decisão de deixar a península e se refugiar em um dos portos no Mediterrâneo.

Iria com a filha, levaria os haveres já escassos, o exemplar da bíblia, e viveria do próprio trabalho num local onde não precisasse conversar com ninguém sobre a própria desventura.

Ao chegar ao Porto de Marselha, não teve dúvidas. Desembarcou com a filha. E iniciou a vida simples que planejara. Adotou Fontayne como nome de família para que sua origem materna e conjugal ficasse camuflada, dificultando a sua localização.

Guardava no coração enorme receio de perder a filha, pois o sistema Senhorial, ainda vigente nos costumes, poderiam levar os genitores do marido falecido a requisitar a neta.

Passados oito anos da sua chegada, conseguira alcançar certa serenidade.

Aquele ambiente, que guardava as pegadas da partida de Maria de Magdala e Lázaro de Betânea na difusão do Cristianismo por toda a região da Provença, lhe acalmaram as saudades do seu grande amor. Aguardaria em paz o dia do reencontro.

Massália contava agora pouco mais de dezoito anos. Mas, era uma menina.

E, pela primeira vez, depois de tantos anos, foi tomada de assalto pelo medo. Medo de perder a filha.

Tentava dizer de si para consigo que aqueles pensamentos não faziam o menor sentido. Que não havia nenhuma razão lógica para os sentimentos que lhe assolavam as entranhas. Em vão. Pouco dormiu naquela noite.

Na manhã seguinte, Massália parecia haver esquecido o Senhorzinho que a abordara na "Venda" e Amália ficou mais tranquila. A filha estava cuidando das rotinas habituais.

Mãe e filha residiam no bairro do Porto Velho, local habitado há dois mil e seiscentos anos - na contagem dos dias atuais - e considerado o coração da cidade.

Massália tinha especial predileção por visitar o porto, conversar por horas a fio com os pescadores que não se cansavam de repetir as histórias que a menina, agora uma linda jovem, ouvia sempre como se fosse a primeira vez.

Em dias especiais, Massália não media esforços para chegar ao Forte Saint Nicolas, construído por volta de 1660, e ir até o Forte de Saint Jean, mais antigo, construído por volta de 1423. Massália gostava de meditar naquele local, olhar os flamingos, as aves locais, e tantas outras coisas que ela amava.

Nesta manhã, ela estava saltitante. Decidira ir ao porto e, de lá, chegar aos fortes.

Amália tranquilizou-se. Sua menina tirara aquele Senhor da cabeça. Faria isso também. Vida normal.

Amália de Fontayne se dirigiu ao trabalho na "Venda do Manuel" e o dia transcorreu tranquilo, sem nenhuma intercorrência.

À noite, ambas recolhidas nas camas simples, após as orações de sempre, Amália percebeu novamente que Massália estava silenciosa, pensativa, olhando para o teto de palhas de colmo.

— *E então Líli,[25] querida, como foi o seu dia? Fez tudo o que desejava? Conseguistes adquirir os livros que tanto querias?*

— *Mère, sabe aquele Senhorzinho? Então Mère! Ele estava lá no porto! Ele me viu e me chamou.*

Ele se lembrou de mim.

Então nós fomos juntos aos Fortes e eu fiquei tão feliz!

---

[25] Forma carinhosa que Amália empregava para se referir à filha em momentos de maior intimidade.

Mostrei tudo a ele. Ele é um português e disse que vai morar aqui. Eu perguntei se era para sempre e ele disse: "para sempre é muito tempo menina"!

Mère, nós rimos tanto!

A Senhora sabe que eu até me esqueci dos livros?

Nem lembrei. Ele me perguntou o que eu fazia na "Venda do Manuel" e eu disse que de vez em quando eu te substituía porque nos últimos tempos a Senhora tem estado um pouco adoentada.

Mère, ele é tão engraçado.

Ele disse que eu dava prejuízo para o proprietário da "Venda" porque eu não sabia atender.

Que eu parecia muda.

Nós rimos muito, mãe! Precisa ver.

Eu adorei tanto ele.

Eu disse que ele não parecia um bacalhau, não. E ele não se lembrava de ter falado assim comigo.

Depois, mãezinha, eu vi que era tarde e disse que precisava voltar para casa.

Ele me trouxe até aqui perto. Maman[26], estou sentindo uma alegria tão grande no meu coração. Acho que encontrei um amigo!

Eu perguntei o nome dele e ele disse para chamá-lo de Damon.

Mas ele não perguntou o meu nome e só me chamava de Menina.

Ele é muito engraçado.

---

[26] Mãe

Amália emudeceu. Sentiu que precisava confiar em Deus. A filha lhe contava tudo com tanta alegria que ela não tinha coragem de falar das suas apreensões.

Provavelmente, exageros de mãe.

Refletiu que impedindo sua Líli de retornar à "Venda" precipitou o reencontro de ambos.

Olhou para filha com outros olhos. Ela não era mais uma menina. Tornara-se uma linda mulher. Esse dia até que havia chegado devagar.

Por primeira vez, Massália lhe falava de alguém do sexo oposto com essa energia diferente.

PARENTES ESPIRITUAIS

Uma vez que temos tido muitas existências, a nossa parentela vai além da que a existência atual nos criou?
"Não pode ser de outra maneira. A sucessão das existências corporais estabelece entre os Espíritos ligações que remontam às vossas existências anteriores. Daí, muitas vezes a simpatia que vem a existir entre vós e certos Espíritos que vos parecem estranhos."[27]

Amália de Fontayne chegara cedo à "Venda do Manuel", como de costume.

Detinha a completa confiança do falecido chefe que lhe dividia suas preocupações. Nos últimos anos a considerava praticamente uma filha do coração.

Falecera e o filho decidiu desfazer dos negócios do pai, segundo ele pessoalmente lhe havia comunicado há alguns dias.

---

[27] O Livro dos Espíritos. Allan Kardec. Ed. FEB. Questão 204

Era filho único, órfão de mãe e agora de pai. Desejava buscar outros ares.

Amália, mais que ninguém, conseguia compreender os sentimentos do jovem Dionísio que pretendia dar a si mesmo um tempo de reflexões.

Dionísio desejava conhecer as culturas de outros povos do Mediterrâneo, especialmente a Palestina onde pretendia encontrar o sentido profundo da passagem de Jesus pela Terra. Depois iria à África, Egito, finalmente à Índia e China, na região dos Himalaias.

Pretendia viajar pelas chamadas *rotas das especiarias* que seu finado pai tanto falava. Enfim. O introspecto Dionísio de Silveira deseja expandir as experiências, até então restritas ao porto; o Porto Velho, bairro que seria conhecido por esse nome pelos séculos à frente.

Dionísio tranquilizara Amália.

Somente entregaria a "Venda" quando encontrasse a pessoa certa. A pessoa certa seria aquela que garantiria a ele, Dionísio, que não se desfaria da sua fiel amiga e colaboradora Amália.

Dionísio era um jovem cuja idade biológica não refletia a maturidade intelectual e moral.

Passava longas horas com Amália falando de Jesus, do seu Amor pelo Mestre. E, especialmente, das reflexões que fazia a respeito de importantes questões existenciais.

Na mais recente conversa desse jaez - instantes após o sepultamento do pai amado -, quando retornavam andando lentamente e lado a lado, Dionísio começou a falar sobre como as circunstâncias podem se modificar rapidamente; sobre o sofrimento, mas principalmente sobre a felicidade.

— Minha irmã Amália. Fico pensando nos dias venturosos da infância ao lado de pais tão amorosos.

Minha mãe, uma alma tão nobre que não encontrarei, jamais, palavras para descrevê-la.

E meu pai, Manuel, o exemplo irretocável da firmeza de caráter, amor ao próximo e trabalhador incessante.

Apesar de nos prover a todos sempre do melhor, nunca nos privou do mais importante: a sua própria companhia. Quantos diálogos tão ricos.

Ele me incentivava a empreender viagens para conhecer e enriquecer a minha alma da visão de mundo dos filhos de Deus espalhados sobre a Terra. Sempre pensei que viajaríamos juntos. Mas, nosso Pai Celeste assim não permitiu. Desde a morte de mamãe ele perdeu o brilho do olhar. E, parece-me que até mesmo desejou seguir o mais breve possível para reencontrá-la.

Então a felicidade. Como entender o significado desta palavra?

Tenho refletido sobre isso, especialmente nos últimos tempos. E tenho concluído que a felicidade não é um estado que possa ser alcançado como um objetivo em si mesmo. Jamais seremos felizes se estabelecermos isso como meta.

A felicidade me parece vir como um subproduto do dever cumprido retamente, do suor pelo esforço íntimo do autoaprimoramento.

Eu acredito que sejamos almas antigas, com inúmeras experiências corporais. Nascemos, morremos e renascemos. Assim entendem os orientais e eu concordo.

Jesus deixa isso tão claro no seu Evangelho de Amor.

Nos primórdios das nossas experiências, é natural que a felicidade seja o resultado da satisfação das necessidades físicas, ligadas à sobrevivência.

Da luta pela sobrevivência nascem duas forças importantes: o orgulho e o egoísmo.

O orgulho, a energia magnética que confere ao mais forte o poder de subjugar iguais e assim deter controle sobre eles.

O egoísmo, a habilidade para acumular bens que garantam o dia de amanhã.

Então, nas primeiras experiências reencarnatórias, a felicidade constitui isso: o atendimento ao orgulho e ao egoísmo; poder e recursos. Ainda neste momento não há desvio da Lei, porque se trata de atender às necessidades de preservação e adaptação ao meio. A lei então vigente é a da sobrevivência.

Conforme avançamos em civilização, encontramos melhores meios de manutenção da vida; outra lei passa a vigorar para nós: a lei da cooperação ou da solidariedade.

Se as experiências em realização forem alinhadas a essas diretrizes do nosso Pai, manteremos o caminho do bem para todos. E não conheceremos o mal, que não deve ser confundido com a ignorância pela qual inevitavelmente passamos.

Então, para cada conhecimento adquirido, uma responsabilidade consequente. Assumindo as responsabilidades, advindas desse acesso ao saber disponível para todos, e cumprindo os deveres decorrentes, ingressamos na plataforma da **humildade** sem qualquer estágio na escura estrada da **culpa**.

Ao contrário, escolhendo **descansar** ao invés de **levantar e seguir**, acionaremos o desaconselhado processo do **sono consciencial** e, então, é provável, venhamos a permanecer estacionários por tempo indeterminado.

*De qualquer maneira, em algum momento, minha querida, seremos alcançados pela Lei do Progresso que utilizará **o freio** e a **espora** para endireitar os caminhos da alma de vontade rebelde.*

Alcançados pela supressão do livre arbítrio e pelo sofrimento, somente recuperaremos o equilíbrio quando nos curvarmos à Onipotência Divina.

*Sofrimentos que eram desnecessários serão os recursos da Misericórdia para nos elevar até a plataforma da **humildade** onde já poderíamos estar.*

Nesses momentos, em que Dionísio falava para si mesmo, Amália ficava embevecida com tanta profundidade de raciocínio. Parecia-lhe ouvir o marido Bernard em ilações parecidas.

Sentaram-se no cais do porto, e Dionísio continuou:

*Sabe minha amiga, somente a **humildade** nos permite "ver" Deus. Por isso que Jesus nos adiantou que os puros veriam a Deus, chamando-os de bem aventurados no mais belo poema de amor que a humanidade já pôde conhecer: o Sermão da Montanha.*

A humildade é a mãe da pureza porque coloca o Ser na posição de aprendiz, de discípulo, daquele que deseja saber para servir mais e melhor.

Então, nessa plataforma, teremos acesso a nosso Pai. Nós nos sentiremos amados por Ele, e o entendimento desse amor Paterno, desabrochará as sementes latentes em nós e aprenderemos também a amar.

O homem que ama a Deus e sente o amor de Deus por si, encontrou a felicidade.

Se amarmos e sentirmos o amor de Deus por nós, seremos invencíveis, entende querida Amália? Invencíveis!

Amar a Deus significa compreender a Criação que se manifesta pelos Reinos da Natureza que conhecemos, desfrutando dos bens da Terra de forma amorosa e consciente.

Sentir em si mesmo a presença de Deus é entender que os Seus desígnios se estendem nas linhas de tempo da eternidade e de espaço do infinito. Na eternidade nada tem fim e no infinito nada está perdido para sempre; nada é impossível.

As vicissitudes da vida Terrena passam a ser obstáculos facilmente transponíveis, meras provas de um aprendizado necessário e prazeroso.

Nada pode abalar o Ser consciente da sua Filiação divina. Certo de que caminha da ignorância para a sabedoria, em todos os eventos verá Deus e saberá que algo há ali para ser aprendido. Este homem se submete sem nenhuma rebeldia, e mais ainda, com alegria.

Aportado na plataforma da humildade, o homem se localiza e inicia o processo de fortalecimento da fé que jazia adormecida. A fé, Amália! Essa energia potencial da psique se transforma em força cinética permitindo que montanhas sejam transportadas de um lado para outro.

A fé é também a principal provedora da esperança.

Não existe esperança sem fé raciocinada que a sustente.

Porque a esperança é uma energia que consola e alenta as almas que aprenderam a confiar em Deus.

A esperança, provida pela fé, encontra o viés novo nas situações inevitáveis e sobre as quais não tenhamos controle.

Quando a morte do corpo visite um dos nossos amores, a esperança é a força alentadora que permite ao Ser em sofrimento enxergar na linha da eternidade que a Vida é um contínuo.

Na doença incurável, nas tragédias ainda inevitáveis na Terra, a esperança se transforma em serenidade, dizendo: tudo passa; espera um pouco mais.

O Ser que desenvolveu a fé, e se revestiu da esperança, é o mesmo que cumprirá os seus deveres com alegria, sabendo que eles representam as lições de Deus para entendermos o significado da utilidade dos bens do Universo, dos quais somos herdeiros naturais.

*A **fé e a esperança**, por sua vez, são os motores da **perseverança**. A seriedade e a contrição diante das provas tão necessárias no trabalho junto com nosso Pai, na Obra da Criação.*

Perseverar é ser verdadeiro e casto de entendimento e compreensão suficiente para usar sem abusar dos bens disponíveis ao nosso crescimento intelectual e moral.

É a perseverança, querida Amália, e somente ela, que nos manterá íntegros na realização da caridade. Sem perseverança não conseguiremos servir com Jesus. Nosso atendimento será mecânico, desprovido das balizas necessárias para que mantenhamos firmeza de propósitos, mesmo diante das adversidades mais constrangedoras.

Ah! E quando tivermos aprendido a lição do servir com amor, então, sentiremos nascer no íntimo de nossas almas uma luz que trará calor nos dias frios, que nos abrigará nas tempestades, e que será nossa companheira para sempre. Podemos chamar essa luz Divina de felicidade.

Amália sorriu embevecida. O jovem se levantou com nova expressão naquele rosto maduro e, sorrindo, disse, de forma marota para modificar um pouco a atmosfera solene:

— *E lá vou eu minha querida irmã! Em busca de saber mais, conhecer mais, para amar mais, e ser feliz!*

Ambos se abraçaram e sentiram a alegria do amor fraternal amenizando a dor daquele momento difícil.

Uma voz forte e ruidosa interrompeu essas lembranças que davam ao rosto de Amália uma expressão de serenidade.

— *Bom dia, minha Senhora! Que Deus abençoe essa estalagem e a todos que aqui se encontram!*

— *Bom dia Senhor, posso servi-lo em algo?*

— *A Senhora deve ser Dona Amália, a genitora da gentil senhorita Menina. Tive a honra e a graça de conhecer vossa filha, ontem, e, veja só que coincidência: estou a comprar esse estabelecimento.*

Eu e o jovem Dionísio temos uma semana de negociações entabuladas.

E, ontem, conhecendo sua gentil filha, decidi.

Serei o novo proprietário deste local. Ele é ótimo. Serve aos meus propósitos de transferir a sede dos meus negócios de Portugal para este porto.

Quando conheço uma pessoa que me faz sentir a bondade de Deus, eu sei que estou no caminho certo. E a sua Menina me fez sentir isso.

Amália emudeceu. *Senhor da Vida*, pensou, *ampara-nos*.

Estranhamente, no entanto, sentiu simpatia pelo Senhor que chegava.

Talvez estivesse enganada com seus presságios. Ele parecia ser alguém trabalhador e de caráter.

Essa foi sua primeira impressão.

Teve, também, a estranha sensação de conhecê-lo de longa data.

Teria ele passado pela região da Anatólia? Pensou de si para consigo mesma. *Impossível. Lembrar-se-ia de um personagem como aquele.*

De onde será que o conhecia?

"Crer em Deus, sem admitir a vida futura, fora um contrassenso. O sentimento de uma existência melhor reside no foro íntimo de todos os homens e não é possível que Deus aí o tenha colocado em vão."[28]

[28] O Livro dos Espíritos. Allan Kardec. Editora FEB. Questão 959 (parte)

AGONIA E MORTE

Qual o sentimento que domina a maioria dos homens no momento da morte: a dúvida, o temor, ou a esperança?
"A dúvida, nos céticos empedernidos; o temor nos culpados; a esperança, nos homens de bem."[29]

Adamastor entrara pela casa quase deserta, praticamente aos gritos. Abriu-lhe a porta antigo trabalhador da Companhia que havia sido destacado para atender as necessidades de Antero da Silva, secundado por uma senhora de idade avançada responsável pela organização da residência. Sem se dar conta que os servos domésticos sempre em número significativo não se encontravam a postos como de habitual e sem dar atenção ao que ambos tentavam lhe dizer avançou portas dentro gritando o nome de Antero. Sem se fazer de rogado dirigiu-se ao quarto do solitário sócio encontrando-o febril e em delírios.

Tentou ainda fazê-lo falar, mas vendo que era inútil saiu em disparada conforme entrara.

---

[29] O Livro dos Espíritos. Allan Kardec. Editora FEB. Questão 961.

Algumas horas depois da saída de Adamastor, Antero que permanecia em estado de inconsciência há dois dias, subitamente abriu os olhos e apresentando inesperada lucidez chamou com voz pausada e cansada, pela Senhora que lhe governava a casa.

— *Dona Alda... Dona Alda...*

— *Pois então Senhor Antero. Deus seja louvado.*

— *Dona Alda, por favor, traga Joana até aqui... Tenho pouco tempo... Por favor... Por favor.*

— *Sim Senhor. Imediatamente.*

Curto espaço de tempo Joana adentra ao quarto do enfermo agonizante. Ela está ainda descomposta pelo impacto do relato que fizera a Adamastor. Tentava quanto possível manter aparente calma, mas tremia e chorava. Sua intuição feminina lhe dizia que as lembranças daquele dia trágico só haviam começado a reverberar.

— *Aproxima-te Joana. Quero falar-te.*

Joana se abeira da cama cujos lençóis estão molhados do suor daquele homem que em nada lembrava todo vigor dos tempos que o conhecera ainda em Portugal. Era um trapo humano enrolado em panos ricos.

— *Dize meu Senhor.*

— *Tu és a testemunha do maior crime que cometi na minha vida. Sou uma alma prestes a entrar nos portais do inferno. És tu também a minha comparsa na morte daquela inocente. Ambos teremos o mesmo destino.*

Preciso que me relates em que momento Eugênia mudou os planos te dando a ordem fatal. Preciso saber de todos os detalhes porque isso me será perguntado pelo demônio que me aguarda.

Antero sentia necessidade de confessar, mas não chamaria nenhum representante da Igreja. Ele havia mudado seus conceitos há tempos. Mas queria falar.

Como você sabe Joana, eu trouxe a jovem Massália e sua mãe Amália para minha residência a pedido de Damon, mas por minha influência. No começo eu vi aí uma oportunidade de estar mais próximo dela e descobrir uma forma de separá-los.

Assim que as instalei nesta casa, viajei a Portugal especialmente para traçar um plano de separação do casal. Relatei tudo a Eugênia e lhe disse que a jovem estava residindo comigo há algum tempo. Falei que Damon estava enfeitiçado por ela e por sua mãe. Que ambas me pareciam realizar bruxarias.

As práticas religiosas delas eram muito diferentes da nossa Santa Igreja e às vezes pareciam reformistas.

Convenci Eugênia a transferir a residência para cá e salvar o casamento. Eu a ajudaria. Seria fácil nos livrarmos da mãe e da filha.

Uma boa quantia em dinheiro para as duas, uma viagem, e logo Damon esqueceria esse caso tão incômodo.

Retornei de Portugal com esse objetivo. Eu não pensava em outra coisa que não fosse separá-los. Queria meu amigo de volta.

Entretanto, minha cara Joana, eu não contava que iria me afeiçoar àquela Menina. A alegria dela, a forma que tinha de ver a vida.

Todos os dias pela manhã Massália me surpreendia com algo novo. Trazia-me guloseimas, mostrava-me os pássaros, os pequenos animais. Inicialmente eu me iludi pensando que estava apenas ganhando a confiança dela. Mas não, eu estava me afeiçoando a ela.

Ela começou a me falar de Jesus de um jeito que eu nunca havia ouvido falar antes. Ela disse que nós nascemos várias vezes. Que nossa família espiritual é bem maior que a família corporal. Que com certeza em vidas passadas já estivemos juntos considerando a afinidade e o afeto que nos unia.

O sentimento dela era tão sincero que meu coração de pedra deu sinais de que começava a movimentar sentimentos inesperados para mim.

Comecei a participar com Massália e sua mãe dos momentos de oração que elas faziam todos os dias. Inicialmente eu queria apenas confirmar minhas suspeitas de que eram duas bruxas hereges. Mas qual... Deus sabe as experiências maravilhosas que aqueles momentos me proporcionaram.

Inesquecível o entardecer que Amália leu para mim a passagem em que Jesus dialoga com Nicodemus sobre a necessidade de nascer de novo para entrar no Reino de Nosso Pai. Impressionante aquela interpretação. Nunca havia eu ouvido nada que se comparasse.

Minha dívida com essas duas mulheres é impagável.

Massália falava de um Reino tão diferente. Às vezes ela perdia o olhar no infinito e parecia recordar amigos distantes. Ela dizia que às vezes sentia uma grande saudade que seu coraçãozinho não conseguia explicar à sua mente.

Ela me apresentou o Mundo dos Imortais. Logo nas primeiras reuniões, quando Massália ia fazer a oração final, eu notei que a sua voz se modificava e até mesmo as feições se tornavam bem diferentes. Estranhei e perguntei a ela que fenômeno se passava naqueles momentos. E ela me disse que havia um Anjo que a acompanhava, a ela e à sua mãe. Ele se apresentava com o nome de Anatólio.

Interessante que eu aceitei a explicação com uma naturalidade inesperada para mim. E passei a conviver, eu também, com Anatólio.

Quando ele comparecia nas orações eu fazia perguntas, a maioria delas insensatas e tolas. E ele respondia com a paciência de um Anjo mesmo. Ele não se cansava de repetir que não era um Anjo. Que era apenas um homem que já vivera na Terra inúmeras vezes e que agora estava num ambiente no mundo dos Espíritos. Que era um amigo. Alguém que velava por todos nós. Que um dia os papéis se inverteriam. Nós estaríamos no mundo dos Espíritos e ele seria o necessitado de cuidados e assistência na Terra.

Massália confiava tanto em mim. E eu passei a vê-la como uma filha tão amada que a Vida jamais me permitiu ter!

E a Senhora Amália. Quanta bondade e gentileza. Das suas mãos pareciam exalar um perfume eterno. Com que alegria ela recheava nossa mesa com seus dotes únicos.

Damon finalmente estava feliz! A vida com Massália a quem ele chamava de Nina era tão rica de alegrias! Massália tinha uma forma muito especial de fazer qualquer momento se tornar único.

Eu ficava encantado com a pureza do amor daquela Menina para com o seu Damon. O carinho que lhe devotava. A paciência inesgotável com aquela alma turrona e muitas vezes até grosseira. Damon jamais conseguiu ficar muito tempo carrancudo perto dela. O gênio forte de Adamastor era conhecido. Mas bastava a ele se aproximar de Nina para que seu rosto ganhasse um aspecto de paz e serenidade.

Antero falava compassadamente, mas com uma energia que certamente lhe vinha de uma fonte superior. Em algumas partes da narrativa era obrigado a dar uma pausa para que as lágrimas pudessem escorrer pelo seu rosto cansado.

Aos poucos – continuou Antero - *todos nós fomos percebendo quanto a presença de Nina era importante na vida dele e como essa onda de amor se irradiava para as outras pessoas que convivam rotineiramente com Damon e comigo.*

Conhecíamos Adamastor pela sua impetuosidade e pela necessidade de ser atendido sempre em primeiro lugar. Mas ao lado da amada ele se esquecia de si mesmo.

Em pouco tempo ela conseguiu mudar o aspecto daquele rosto que havia se cristalizado nas expressões de arrogância e mando.

E o amor que ela devotava a todas as criaturas. Aos animais, às plantas. Nada ficava despercebido. Aprendi tanto com ela.

Damon se dizia viúvo sem filhos. E eu confirmei essa versão porque não havia o que fazer.

Massália me falou sobre a fé e o seu poder. Sobre a esperança e sobre a importância da prática do bem.

Eu a ouvia mais pelo sabor que o seu tom de voz causava em minha alma. Uma energia de serenidade e de paz. Mas havia tanto afeto nas suas palavras que impregnaram minha memória para sempre.

Os dias passaram céleres e eu esqueci completamente meu compromisso com Eugênia.

Mas eis que ela surge num repente. E tudo mudou da noite para o dia. Tive de manter a atitude com Eugênia até pensar em algo para conciliar as coisas já que eu fora o causador daquela situação.

Eugênia imediatamente me convocou para falar dos seus planos. Eu a ouvi atentamente, e percebi que eu havia envenenado o seu coração de forma irreparável. Para que ela não se jogasse imediatamente sobre Massália e sua mãe, eu não demonstrei a minha mudança de entendimento e procurei encontrar uma solução.

Damon estava perplexo com a vinda repentina de Eugênia. Apavorou-se!

Nina não poderia saber que ele era casado e menos ainda que a esposa encontrava-se bem ali, em Marselha.

E menos ainda, dizia ele, Eugênia poderia saber da existência de Nina.

Fiz-me preocupado com ele e lhe sugeri uma solução: tirar Amália e Nina de Marselha e coloca-las em outro porto próximo.

Dei-lhe a ideia de dizer a Amália e Nina que nossa Companhia iria iniciar negócios no porto de Antibes[30], próximo de Nice[31].

Que para ele, Damon, e para mim também, seria importante um de nós fixar residência no local das atividades novas e que nada melhor do que elas irem primeiro para definir os detalhes sempre numerosos, tais como residência, possibilidades reais do comércio e outras questões. Damon seguiria posteriormente e provavelmente se radicariam ali onde acomodariam a família que começava a se formar.

Garanti a Damon que as levaria em segurança e que as deixaria devidamente instaladas e com recursos financeiros para largo período. Este me pareceu ser um bom plano para o momento uma vez que sim, pensávamos em ampliar os negócios.

E eu queria ganhar tempo até acalmar Eugênia e encontrar solução melhor.

---

[30] Antibes data sua criação de aproximadamente o ano 5 a.C e foi construída pelos gregos para ser um entreposto comercial antes da criação de Nice.

[31] Nice era uma cidade fronteiriça com vocação militar e marítima até o Século XVIII. Desenvolveu-se a partir do Século XIV.

Como quem se sabia fazer parte do cenário daquela conversa, Joana já acomodada em uma cadeira que arrastou para próximo da cabeça de Antero, e o ajudou na narrativa num intervalo que ele fez para se acalmar da impressão que as lembranças lhe causavam.

— *Senhor Antero, não há para nós dois nenhum perdão. Mas o meu crime é maior. Eu cumpri as ordens da Senhora Eugênia como sempre eu fiz por toda a minha vida. Mas o Senhor não sabia dos planos verdadeiros dela.*

O Senhor ainda pode se valer da extrema-unção e ser perdoado pela Santa Igreja. Mas eu não.

A Senhora Eugênia sempre me dominou. Ainda em Portugal ela me informou que eu viria com ela para esta cidade e que tinha uma grande tarefa aqui para mim. Que depois de realizar o que ela queria, eu teria dinheiro suficiente para nunca mais servir a ninguém.

E ela cumpriu a palavra. Tenho comigo uma pequena fortuna na qual nunca tive coragem de tocar e não sei o que fazer com ela.

Eu, Filipa e Colina, fomos convocadas por ela para desaparecer com a Senhorinha Massália. Os detalhes nos eram passados à medida que ela julgava ser o momento certo.

Assim foi que um dia antes da nossa partida ela comunicou a mim e a Colina que a Senhorinha Massália morreria. Filipa não ficou sabendo de imediato, porque Eugênia temeu que ela "vendesse" a informação.

A tarefa de Colina seria ministrar a Massália e a Amália algumas gotas de um preparado que ela trouxera de Portugal. Essas gotas deviam ser misturadas ao chá quente, ou qualquer outra bebida que fosse servida a elas durante a viagem e a dose aumentada gradativamente. Isso seria a tarefa de Colina. Em um ou dois dias mãe e filha estariam menos ativas e mais sonolentas.

A Senhora Eugênia conhecia o nosso itinerário. Iríamos até Nice, com várias paradas e uma delas seria em Fréjus[32]. Ficaríamos ali alguns dias como o Senhor sabe.

Antero retomou a palavra para reforçar as lembranças de Joana.

— *Sim. Eugênia conhecia o itinerário.*

Para convencê-la de que meus compromissos estavam mantidos planejamos a viagem juntos. Eugênia precisava confiar em mim. Entretanto a minha intenção era mudar isso depois que estivesse em Nice ou outro porto ali próximo.

Tolo que fui. Subestimei a sagacidade de Eugênia. Ela percebeu a minha relutância interna por mais que eu tenha procurado esconder. E elaborou uma versão daquela viagem.

Desde que chegou a Marselha, Eugênia soube manter a discrição em relação à existência de Massália de forma perfeita.

Nas primeiras semanas da sua chegada ela teve o cuidado de não visitar a minha residência e se colocou extremamente prestativa para com as questões negociais. Passava a maior parte do tempo na Companhia e em busca de melhores acomodações já que desejava uma residência mais condizente com a sua pessoa segundo falava.

Procurou as autoridades religiosas locais com todo o aparato de papéis e recomendações que trazia de Portugal. Imediatamente fez vultosas doações e passou a ser financiadora de algumas atividades caritativas da Igreja.

Com isso granjeou amizades e ajuda para encontrar o melhor lugar para fixar residência.

---

[32] Fréjus. Na Antiga Roma era conhecida como Forum Julio um importante porto do mediterrâneo. Foi cenário de importantes acontecimentos históricos. Até o início do Século XVII era um importante local de produção e comércio de trigo, vinha, pesca, pecuária e olaria.

Em nossas conversas eu a colocava a par da situação e ela procurava envolver o Damon em várias questões dos negócios a fim de que lhe não sobrasse tempo e ele não conseguisse se movimentar com a liberdade de antes.

Damon para distrair a esposa e não gerar qualquer situação que lhe trouxesse desconfiança diminuiu as visitas a Massália e se concentrou em atender aos caprichos e exigências de Eugênia até que tivéssemos partido para Nice.

Joana retomou a narrativa.

— Sim Senhor Antero. Ela elaborou um plano dentro do plano do Senhor.

Estávamos em Marselha há algumas semanas e a Senhora Eugênia convocou a mim e a Colina sem a participação de Filipa para nos explicar exatamente o que queria que fizéssemos. Filipa era inteligente demais e pouco confiável para o que ela queria.

Então, conforme eu ia dizendo, quando chegássemos a Fréjus, eu e Colina deveríamos convencer a Senhorinha Massália a conhecer um local muito belo, porém de difícil acesso que faz parte de uma cadeia de montanhas e que distanciava poucas milhas de onde estávamos.[33] Era chamado de Maciço por alguns do lugar.

As montanhas de rochas vermelhas fazem toda a beleza contrastando com o mar azul e com o verde das árvores. A afeição da Senhorinha pela natureza era conhecida e seria muito fácil que aceitasse.

[33] Esta cadeia de montanhas faz parte do Maciço Central (em francês *Massif central*, e em occitano *Massis centrau*). Centro sul da França composta de montanhas e planaltos. De origem vulcânica cuja atividade cessou há cerca de dez mil anos está separa dos Alpes por uma profunda fenda norte-sul criada pelo rio Ródano, conhecida em francês por *sillion rhodanien* – "o sulco do Ródano). Maciço de L'Esterel.

Colina ministraria uma dose mais forte das gotas a Amália que certamente ficaria indisposta para o passeio.

A Senhora Eugênia já estaria mais à frente com um grupo de sequazes muito bem pagos por ela. Dois deles se ofereceriam para serem nossos guias no passeio e o restante do plano o senhor presenciou.

— Lembro-me bem – atalhou Antero – quando eu fui convencido por você e a própria Massália a visitar o local. E também quando homens do lugar se apresentaram para nos guiar até lá. Nem de longe eu imaginei o desfecho daquele passeio.

— Sim – concordou Joana continuando o que lhe cabia contar da história. Conforme havíamos pensado antes, Amália amanheceu indisposta. E a própria Colina a convenceu ficar permanecendo a seu lado.

Massália quase desistiu do passeio, mas Amália sabia quanto ela amava aventuras pela natureza. Amália disse à filha que até então a viagem havia sido maravilhosa, ainda que em alguns momentos se sentisse sonolenta. Pediu à filha que fosse sim e que lhe contasse tudo quando voltasse. Não queria perder nenhum detalhe.

Segundo os nossos guias, chegaríamos ao ponto mais alto e belo do Maciço, em frente ao mar, próximo do entardecer, quando as estrelas fariam o seu maior espetáculo. Pernoitaríamos em uma estalagem, veríamos o nascer do sol que também era um espetáculo à parte, e retornaríamos chegando de volta também ao entardecer.

Assim que saímos, Colina passou-me o frasco com o preparado e recomendou dar a Massália sempre que possível. Era importante que ela estivesse sem condições de reação no momento aprazado.

Uma força estranha, um misto de medo e prazer, tomou conta de mim. Eu fiquei agitada e tudo que desejava era ver aquilo acabar o mais breve possível, receber o meu dinheiro e começar uma vida nova em Portugal para onde pretendia retornar. Ficava repetindo isso em minha mente e me justificando com o fato de a Senhorinha ser uma "herege" conforme havia dito a Senhora Eugênia.

—Lembro-me – complementou Antero – que quando chegamos num ponto próximo do melhor observatório naquele local, o cavaleiro guia parou nossa marcha. Descemos todos.

— Sim, Senhor Antero. Massália estava lânguida e sonolenta. Viera deitada sobre a palha na carroça e ao entardecer começou a falar para mim que estava deitada no meio, entre ela e Filipa, o quanto ela amava as estrelas. Falou de um amigo invisível que sempre a visitava e que ele estava ali conosco sorrindo.

Aquela conversa começou a mexer comigo e eu só queria terminar tudo logo.

Descemos todos da carroça e estávamos próximos de um profundo barranco, quase um despenhadeiro rochoso. Disse à Senhorinha Massália que viesse ver que linda paisagem se desenrolava à nossa frente.

Ela sentiu dificuldade para levantar e eu a ajudei. Peguei-a em meus braços com a intenção de lançá-la barranco abaixo. Um segundo antes do ato criminoso ela me olhou nos olhos e – **jamais esquecerei** – me disse: "Obrigada querida Joana. Você sempre foi tão generosa comigo. Deus te abençoe".

Aquelas palavras me causaram horror e eu tentei recuar, mas uma foça poderosa tomou conta de mim e eu a levei para a morte.

Ela parece ter dormido porque antes que eu a jogasse ela fechou os olhinhos claros. Ninguém ouviu um grito sequer. Mas o barulho do corpinho sendo destruído pelas pedras faz eco nos meus ouvidos todos os dias.

Lembro-me do grito que o Senhor deu, de Felipa também gritando porque ela não conhecia aquele desfecho. As discussões seguiram e eu não conseguia falar nada. Minha alma soube naquele instante que eu me perdera para sempre.

—Sim Joana – falou em voz cansada Antero. *Jamais esqueceremos aquele horror.*

Eu tentei descer o despenhadeiro quando a voz de Eugênia teve o poder de me paralisar.

Ela se aproximou e disse: "A herege teve o fim que merecia. Estamos livres dela. Não era o que todos desejávamos? Vamo-nos daqui. Os abutres resolverão o problema para nós em breve tempo."

Em seguida, sem que eu conseguisse articular uma palavra, ela passou a dar comando de voz aos seus asseclas que eram vários além dos que nos acompanhavam.

Em seguida perdi a consciência para somente recobrá-la muito tempo depois. Mesmo assim, perdi a capacidade de articular palavras e tudo para mim parecia um eterno pesadelo.

—Senhor Antero – disse Joana – *o Senhor foi vitima da mesma droga ministrada a Massália e sua mãe. Um dos homens que cumpriam as ordens de Eugênia imobilizou o Senhor que foi levado inconsciente para uma hospedaria próxima.*

O Senhor ficou naquele local por longo tempo sob a vigilância de Filipa e dos homens da Senhora Eugênia. Filipa foi encarregada de mantê-lo sob o jugo da droga, de bebidas alcoólicas, e tudo o que pudesse lhe tirar a capacidade de raciocinar com clareza. Nos momentos que o Senhor perguntava algo, ela dizia que o Senhor tivera pesadelos e que contraíra uma doença que lhe davam alucinações. Mas que tudo ficaria bem e que voltariam em breve para Marselha.

—*Minha cara Joana* – tomou a palavra Antero desejoso de continuar sua confissão – *eu recuperei minha lucidez há alguns dias desde que neste quarto eu vi a nossa Massália. Ela se aproximou de mim como nos velhos tempos. Tocou minha cabeça convulsionada pela culpa e eu senti uma brisa invadindo todo o meu ser.*

Ela me disse tantas coisas. Eu pedi perdão a ela e ouvi daquela boca que as coisas se cumpriram conforme a vontade de Deus. Disse-me que em breve estaríamos novamente juntos e que ela me acompanharia para sempre no futuro que me aguardava.

Eu falei que meu futuro era o inferno e ela sorriu dizendo: "Como então não te lembras das quantas vezes lhe afiancei que o inferno não existe a não ser dentro de nós mesmos? Esquece o que passou. Deus é Maior e o Bem triunfa sempre; persevera e ânimo forte!"

Essa visão dos céus aconteceu desde o começo da febre. Desde então ela me visita todos os dias.

A presença de Adamastor nesta casa hoje, somente me reforça que chegou também para ele a hora da colheita dos frutos amargos cujas sementes sua arrogância e vaidade plantaram.

Joana, nossa Massália me permitiu esses momentos para dizer especialmente a você que a morte não existe e que estás perdoada por ela.

Quanto a mim, Joana, eu nada espero além de um dia resgatar os imensos débitos que nesta vida de dissolução e egoísmo eu contraí perante as Leis do Eterno.

Joana em prantos abraçou Antero e ambos ficaram assim por largo tempo.

Um perfume de lavanda tomou conta do ambiente e uma luz de safírico azul se fez naquele quarto conde as lágrimas do arrependimento se misturam aos lençóis encharcados do suor da febre fatal.

Antero e Joana puderam ver Massália que se corporificava em meio a tênue fumaça branca azulada.

Sua voz se fez ouvir como se ela jamais tivesse saído dali.

—*Meus irmãos, oremos a Jesus. Que os nossos corações possam se abrir para o sentimento de gratidão pela hora que passa.*

Oremos pelo nosso Damon que neste momento corre em busca de si mesmo, mas que está amparado por Deus que jamais nos abandona a nós seus filhos que todos somos.

É chegada a hora meu amigo Antero. Irás comigo para uma linda Colônia onde permanecerás até que Jesus trace os novos caminhos.

Quanto a ti Joana, use esses recursos que hoje te queimam a mão arrependida, para atender aos Filhos do Calvário e encontrarás a paz que tanto procuras. Estarei contigo em cada gesto de amor que despenderes aos deserdados da sorte. Não faltarão os famintos para ministrares o alimento do corpo; não faltarão os doentes necessitados de remédio e amparo; não faltarão os sofredores imersos em profundas culpas, para levares o alento que é a expressão da esperança, filha predileta da fé.

Vá Joana, e fales de Jesus. Não importa que revistas tua fala com as exigências da Igreja a fim de que não sofras perseguições.

O importante é falar de Jesus e principalmente viver o Seu Evangelho de Amor. Estarei ao teu lado minha querida. E, ao final da jornada, quando teus olhos se fechem para o mundo aguardarei ansiosa que eles se abram para a vida nova. O primeiro sorriso que verás será o meu.

Naquele momento sublime, o Mundo Espiritual e o Mundo Material se uniam em louvor ao Senhor da Vida.

Antero Ferreira expirou nos braços de Joana e seu corpo fluídico foi amparado por Massália.

A misericórdia de Deus Nosso Pai é infinita.

LEI DE HARMONIA

Os Espíritos que exercem ação nos fenômenos da Natureza operam com conhecimento de causa, usando do livre-arbítrio, ou por efeito de instintivo ou irrefletido impulso?

"Uns sim, outros não. Estabeleçamos uma comparação. Considera essas miríades de animais que, pouco a pouco, fazem emergir do mar ilhas e arquipélagos.

Julgas que não há aí um fim providencial e que essa transformação na superfície do globo não seja necessária à harmonia geral?

Entretanto são animais de ínfima ordem que executam essas obras, provendo às suas necessidades e sem suspeitarem que são instrumentos de Deus.

Pois bem, do mesmo modo, os Espíritos mais atrasados oferecem utilidade ao conjunto.

Enquanto *se ensaiam para a vida*, antes que tenham plena consciência dos seus atos e estejam no gozo pleno do livre-arbítrio, atuam em certos fenômenos, de que inconscientemente se constituem os agentes.

Primeiramente, executam.

Mais tarde, quando suas inteligências já houverem alcançado um certo desenvolvimento, ordenarão e dirigirão as coisas do mundo material.

Depois, poderão dirigir as do mundo moral. É assim que tudo serve, que tudo se encadeia na Natureza, desde o átomo primitivo até o arcanjo, que também começou por ser átomo. Admirável lei de harmonia, que o vosso acanhado espírito ainda não pode apreender em seu conjunto."[34]

Gláucia e Vanir seguiram juntos por várias trilhas da encosta.

Num ponto específico, onde havia profusão de palmeiras leque do mediterrâneo, estacionaram sob a copa de harmonioso espécime que compunha mimoso conjunto de quatro caules, com aproximadamente quatro metros de altura.

Gláucia fitou carinhosamente o amigo fiel:

— *Vanir, meu querido, chegamos ao portal! Retorna para meu amado Damon. Daqui seguirei de volta à sede da nossa Colônia.*

Gláucia abraçou Vanir deixando transparecer todo o amor que lhe dedicava e a gratidão que lhe devia.

Em seguida, retomou a forma de sempre: Massália.

Sorriu mais uma vez e utilizando possibilidades próprias encetou viagem de volta, rapidamente, aos afazeres que a aguardavam em Héstia.

As visitas ocorreram com regularidade, sempre nos momentos que Massália poderia dedicar a afazeres pessoais.

---

[34] O Livro dos Espíritos. Allan Kardec. Editora FEB. Questão 540.

Em uma dessas vezes, Massália, após atender o amado Damon, usando a identidade de Gláucia, repete o mesmo trajeto de retornar à Colônia, desta vez, porém, dirigindo-se ao espaço de convivências. O Bosque da Harmonia. Mesmo local onde fora recepcionada ao retornar das lides Terrenas.

O Bosque comportava grande número de trabalhadores. Alguns deles se encontravam reunidos em serena alegria. Estavam finalizando alguns portais de comunicação com grupos religiosos na esfera densa.

Massália foi imediatamente ao encontro de Berenice, sua irmã espiritual. A amiga inseparável estava às voltas com o jovial Klaus, especialista, também, nas técnicas das relações entre as dimensões material e espiritual.

Klaus era alma generosa e devotada ao trabalho. Estava na Colônia há cinco lustros em trabalho redentor aguardando determinação de mais Alto para retornar às lides na esfera densa.

As experiências recentes no corpo físico exigiram dele esforços de abnegação e renúncia na área afetiva que não logrou alcançar por completo.

Refazia as forças na Colônia de Héstia, trabalhando pelo bem de todos, especialmente junto aos seres mais simples da natureza, buscando formas de integrá-los nos trabalhos de cura na Crosta Planetária.

Com esse trabalho, buscava o lenitivo para seu coração sofrido e saudoso de amores que ficaram em paragens nas quais sua presença estava interditada.

Klaus era profundamente amado e respeitado pelos companheiros em razão das conquistas intelectuais e morais que o aureolavam de uma luz de tonalidade esverdeada, indicando seu potencial para a doação de energias curadoras.

Berenice, por sua vez, colecionava experiências vitoriosas no campo da conquista da tolerância e da serenidade.

Tais atributos conferiam à Berenice a expansão do magnetismo criando emanações luminosas de colorações angelicais que tornavam sua presença extremamente agradável.

Conhecedora primorosa dos mistérios e propriedades das plantas, sob seus cuidados estava extenso sítio de reprodução de incontáveis espécimes, alguns raros, outros ainda em preparação para serem disseminados na Crosta.

A aproximação da irmã com a qual vivenciara experiências inesquecíveis fez Berenice sorrir esplendorosamente e apressar-se ao encontro.

— *Líli, minha irmã! Que Deus te abençoe. Como está o nosso querido?*

— *Oh! Irmã do meu coração! Venho justamente me valer dos teus conhecimentos superiores sobre os poderes das plantas.*

Ele despertou, mas inicia um processo de amargura que lhe causará graves danos aos tecidos sutis do corpo espiritual ainda em lenta recuperação.

Ele precisará de medicamentos, minha querida. E, para isso, conto com a tua ajuda preciosa.

— *Eu adivinhava isso. Já separei tinturas que você ministrará a ele com segurança. Também estava pensando que, em breve tempo, ele poderia ser transferido para os nossos aposentos destinados à recuperação dos recém-chegados da Crosta.*

Aqui ele encontrará quefazeres que o ajudarão a sair da monoideia a que se vem entregando.

— *Sim, sim! Ele identificou-me a voz e isso reforçou as memórias dos nossos revezes.*

Massália parou a conversação para receberem no círculo íntimo a presença do irmão e amigo Klaus.

— *Líli! Que bom abraça-la em "carne e osso", se é que me entendes.*

Todos riram como amigos que possuem larga intimidade construída no desenrolar de árduas lutas em comum.

— *Klaus, meu amigo! Estava justamente dizendo a Berenice que necessitarei dos préstimos de ambos.*

Sabes dos últimos acontecimentos e Damon está numa fase crítica. Devemos nos antecipar antes que ele se perca novamente dentro de si mesmo.

O semblante de Klaus se revestiu da seriedade que o momento comportava.

— *Líli, penso que devemos iniciar operações magnéticas associadas à fitoterapia de Berenice. Estou disposto e disponível, minha irmã. Vamos estabelecer estratégias de ação para devolvermos a saúde ao nosso Damon.*

— *Certo. Meu envolvimento afetivo com Damon não me permite, às vezes, avaliar com clareza a situação. Se puder, lidere esse processo.*

E os amigos passaram a estabelecer os passos necessários para o melhor resultado.

Definidas as linhas de ação, Massália indagou de Berenice:

— *E mamãe? Gostaria de vê-la. A ela e a meu irmãozinho.*

— *Claro. Ela sentia que virias. Desde cedo se prepara para receber-te.*

Os três inseparáveis amigos se dirigiram a uma construção completamente integrada à natureza em que somente os locais de descanso e refazimento possuíam privacidade. Tudo o mais vicejava esplendor e comunicação com todos os elementos que compõem a biosfera planetária.

Miríades de seres alados executavam trabalhos insondáveis à mente encarnada. Uma imensa oficina onde imperava a ordem e a harmonia. Havia trabalho para todos em sintonia absoluta.

Klaus e Berenice transitavam naquele meio com naturalidade. Eram os esclarecedores dos desencarnados que ali estagiavam em situação de enfermidades as mais variadas.

Ensinavam principalmente sobre a função dos seres da Natureza que, aos olhos dos encarnados, são invisíveis.

Klaus escrevera importantes ensaios sobre esse tema, os quais eram remetidos a Espíritos especializados no processo de comunicação com o mundo físico para inspirar encarnados a desenvolverem melhor entendimento sobre o meio ambiente no Planeta.

A população de encarnados aumentaria exponencialmente nos próximos séculos. O processo de fabricação artesanal de bens seria substituído, gradualmente, pela manufatura e pela indústria que revolucionaria completamente a forma de produção e de consumo de bens. Infelizmente, o progresso da tecnologia não seria acompanhado em ritmo e velocidade pelo progresso moral, sempre mais lento.

Com isso, o homem se amornaria no conforto crescente, desconectando a mente da Mãe Terra, passando a ser o vilão da natureza em futuro visível.

Mais que urgente era a antecipação das ideias renovadoras.

Os Espíritos que aguardavam o momento de ingressarem novamente num corpo de carne deviam receber instruções que ficassem gravadas nas suas mentes para influenciarem, positivamente, as comunidades onde se fariam presentes.

Muitos dos desencarnados que ali estavam traziam consigo a marca do desrespeito aos animais e ao mundo vegetal.

Caçadores cruéis, lenhadores abusivos, componentes da nobreza debochada, ali compareciam, miseráveis de atributos do espírito.

O contato dessas almas iniciantes no processo civilizatório com esse universo magnífico lhes conferia compreensão da importância de cada reino para que, em retorno ao mundo físico, substituíssem o automatismo predador pela consciência protetora.

Berenice era a própria artista do mundo dos *Minúsculos*. Amava a companhia deles e era igualmente amada.

A relação desses seres maravilhosos com Berenice e sua equipe lhes conferia indescritível harmonia nas formas, nos gestos e na comunicação entre si e com os outros reinos.

Ao seu contato, aprendiam rapidamente a utilidade das coisas, a bondade e a beleza presentes no universo sem fim de nosso Pai.

Naquele ambiente, os Seres maravilhosos, por sua vez, também ingressavam gradativamente no reino da ética e da moral, e, assim, preparavam-se para experiências mais complexas.

Massália se deteve em animada conversação com vários Seres que a conheciam e amavam.

Admirando a cena, Klaus confabulou com Berenice:

— Dia chegará, minha irmã, que os homens aprenderão a respeitar todos os reinos da natureza e, assim como nosso Instrutor Francisco de Assis asseverou, o lobo guardará o cordeiro, as crianças brincarão com as serpentes e nos entenderemos como irmãos.

Sei que o esquecimento, na carne, é uma bênção que nos protege das recordações dolorosas.

Mas, o reverso disso é que, nos entregando à imprudência, esquecemos, também, das bênçãos que Deus sobre nós derrama todos os dias.

Por isso, tenho procurado aprofundar minha relação com a bondade Divina manifesta na Criação para que, quando retorne às lides, meu veículo denso tenha condições de estabelecer empatia, ainda que mínima, com esses conceitos tão escassos na Terra densa.

— Sim, Klaus. Tuas expectativas com relação às provas que inevitavelmente nos alcançarão no mundo das formas são as minhas também.

Consideremos – continuou Berenice -, entretanto, que nosso Pai de Amor e Misericórdia não nos desampara e sempre contaremos com os amigos daqui.

Klaus deu entonação solene à voz e uma expressão exageradamente séria ao rosto:

— Ah, minha amiga! Devo dizer-te que o corpo feminino de que te serves por tempos incontáveis, e que por séculos não poderei envergar, é esse veículo melhor equipado para acessar as paragens espirituais.

Neste aspecto contas com certa vantagem sobre mim.

Por isso, não te esqueças deste pobre amigo aqui.

Ambos riram do argumento não comprovado de Klaus enquanto aguardavam que Massália encerrasse o animado colóquio com os amigos queridos.

Alguns se despediram alegremente de Massália, mas inúmeros permaneceram pousados suavemente sobre seus ombros, cabelos, ou ficaram à sua volta enquanto ela, com sorriso que parecia jamais desaparecer da sua face muito branca, chamou pelos irmãos.

— *Vamos! Quero ver Mère!! Passarei o dia aqui com vocês e com ela.*

Entraram todos nos recintos que levariam aos aposentos de Amália.

A FONTE DA VIDA

Haverá no Universo lugares circunscritos para as penas e gozos dos Espíritos, segundo seus merecimentos?

"Já respondemos a esta pergunta. As penas e os gozos são inerentes ao grau de perfeição dos Espíritos. Cada um tira de si mesmo o princípio de sua felicidade ou de sua desgraça. E como eles estão por toda a parte, nenhum lugar circunscrito ou fechado existe especialmente destinado a uma ou outra coisa. Quanto aos encarnados, esses são mais ou menos felizes ou desgraçados, conforme é mais ou menos adiantado o mundo em que habitam."

De acordo, então, com o que vindes de dizer, o inferno e o Paraíso não existem, tais como o homem os imagina?

"São simples alegorias; por toda parte há Espíritos ditosos e inditosos. Entretanto, conforme também já dissemos, os Espíritos de uma mesma ordem se reúnem por simpatia; mas podem reunir-se onde queiram, quando são perfeitos".

A localização absoluta das regiões das penas e das recompensas só na imaginação do homem existe. Provém da sua tendência a *materializar* e *circunscrever* as coisas, cuja essência infinita não lhe é possível compreender.[35]

---

[35] O Livro dos Espíritos. Allan Kardec. Ed. FEB, Questão 1012.

Massália, os amigos humanos e os Seres maravilhosos que a acompanhavam – estes sempre desejosos de estender quanto possível o contato com a *madrinha* – acessaram o local destinado ao recolhimento e repouso dos Espíritos em estado de convalescença.

Descrever as edificações é tarefa difícil. Elas compunham a própria paisagem natural. Túneis em galhos de árvores, casulos em folhas, flores que serviam de moradas para os doentes e os trabalhadores. Uma das *moradas da Casa do Pai*.

– *Mãezinha! Como estás linda! E meu irmãozinho? Soube que os meus dois amores melhoram a olhos vistos todos os dias!*

– *Filha! Sabia que virias. Veja! Enfeitei-me toda!*

Amália levantou-se das suas acomodações habituais, girou em torno de si mesma como querendo dizer à filha que estava se esforçando para atingir a melhora que todos esperavam.

– *Estou vendo, Maravilhosa! Aliás, eu a vejo sempre, não é? Nossas comunicações são diárias e instantâneas. Mas, estava necessitada do teu abraço e queria pegar meu Fofinho no colo.*

Massália se referia ao irmão que era gestado pela mãe quando ela se precipitou no mar do Mediterrâneo.

A intercessão de Bernard e Dimitri possibilitou que ambos fossem socorridos e imediatamente acomodados na Colônia.

Amália permaneceu em estado de inconsciência por largo período, tempo em que o feto permanecia e era tratado em seu útero, no corpo espiritual.

Medidas e intervenções desconhecidas na Terra permitiram que o bebê completasse o seu desenvolvimento.

Finalmente, ocorreu a desconexão do corpo espiritual da criança e de Amália, num processo semelhante ao nascimento na Terra.

Amália, durante o período de inconsciência relativa, permaneceu amparada pela vigília de Massália. Os amigos de Héstia se revezavam nos cuidados da companheira amada.

O ato funesto permanecia ressonando no corpo espiritual como um pesadelo sem fim. As agressões e humilhações sofridas traumatizaram os tecidos da mente gerando pavor e medo naquela alma sensível.

O sofrimento de Amália exigiu de Massália abnegação e devotamento, que ela cumpriu em nome do amor. Cercada de atenção e carinho, as torturas morais foram amenizando e dando lugar a recuperação.

Apesar das melhoras significativas, passados quinze anos, Amália ainda não se dera conta de haver transposto os portais da morte do corpo.

Supunha-se doente em estado grave; mas feliz por ver Massália e o filhinho ao seu lado.

Tibério mantinha o corpo espiritual em tenra idade. Em breve tempo retornaria à carne, razão pela qual permanecia em estado de primeira infância.

— *Então, mãezinha. Como vai essa cabecinha linda? Os pesadelos espaçaram mais, meu amor?*

— *Graças a Deus filha. O pior deles era aquele em que homens brutos, verdadeiros animais, falavam-me que você havia desaparecido.*

— *Sonhos ruins, mãezinha. Quanto menos falares desses homens horríveis, melhor. O importante agora é que a Senhora se recupere para cuidar de mim e de meu irmão Tibério.*

— *Vistes, filha, que graça teu irmão? Mas filha... Me confundo... Não me lembro da gravidez... De nada!*

— *Isso não é importante, Mère! Cuidemos uns dos outros e deixemos que o Amor de Jesus invada nossos corações. Amo-te tanto, mãezinha! Vamos ver o mundo lá fora? Vistes que trouxe meus amigos?*

— *Nossos amigos! Eles têm sido tão generosos comigo e com teu irmão. Mas filha... Já tentamos antes e eu fico cheia de medo. Eu conseguirei sair para um lugar tão claro? Meus olhos doem.*

— *Claro que sim, mãezinha. Viemos todos para viver essa realização com a senhora. Estou tão feliz, minha mãe!*

E assim, numa cena de rara beleza, aqueles seres que conheciam a força do amor envolveram Amália em energias revigorantes e ampararam a amiga até que ela pudesse sair junto com o filhinho.

Porque há muitas moradas na Casa do Pai.

Precisamos crescer em entendimento e compreensão a fim de que nossa imaginação apreenda o significado dessa assertiva de Jesus.

Jesus, nas últimas instruções, orienta os apóstolos e os discípulos sobre os tempos que viriam. Promete mandar um Consolador e chama os apóstolos de *filhinhos*.

Nas despedidas, Jesus é o arquétipo da mãe amorosa que precisa se ausentar. Ela deseja acalentar os corações aflitos dos *filhinhos*. Procura lhes fortalecer a fé no futuro para que a esperança encontre campo de realização.

Jesus se antecipa aos conflitos decorrentes da sua ausência.

Certamente, o sentimento de desamparo traria inseguranças.

Aquelas almas frágeis, prisioneiras do medo, facilmente poderiam iniciar um processo de transferência da culpa pelo desaparecimento do Cristo.

E, com isso, colocarem-se uns contra os outros.

Então, Jesus está pensando na saúde psicológica e espiritual dos *filhinhos*. E, assim, faz a convocação para que se amem incondicionalmente:

"Um novo mandamento vos dou: Que vos ameis uns aos outros; como eu vos amei a vós, que também vós uns aos outros vos ameis."[36] *"Não se turbe o vosso coração, credes em Deus, credes também em mim. Na casa de meu Pai há muitas moradas; se não fosse assim, eu vo-lo teria dito: vou preparar-vos lugar."* [37] *"E eu rogarei ao Pai e Ele vos dará outro Consolador, para que fique convosco para sempre."*[38]

Em 18 de abril de 1857, os discípulos de Jesus acessaram o Consolador com a primeira edição de O Livro dos Espíritos. Cumprindo a promessa, temas que precisavam da base da ciência para ser mais bem compreendidos são expostos de forma clara e inequívoca.

A pluralidade dos mundos habitados é um dos princípios básicos do Consolador.

A imensidão dos céus, com seus bilhões de estrelas visíveis e incontáveis invisíveis, galáxias, e tantos outros corpos celestes para nós desconhecidos, comprovam as glórias de Deus.

Há muitas moradas na Casa do Pai afiançou Jesus aos discípulos.

---

[36] Bíblia Sagrada. João, 13:34

[37] Bíblia Sagrada. João, 14:2

[38] Bibilia Sagrada. João, 14:16.

"A casa do Pai é o Universo.[39] As diferentes moradas são os mundos que circulam o espaço infinito e o oferecem aos Espíritos que nele encarnam, moradas correspondentes ao adiantamento dos mesmos Espíritos.

Independente da diversidade dos mundos, essas palavras de Jesus também podem referir-se ao estado venturoso ou desgraçado do Espírito na erraticidade[40].

Conforme se ache este mais ou menos depurado ou desprendido dos laços materiais, variarão ao infinito o meio em que ele se encontre, o aspecto das coisas, as sensações que experimente, as percepções que tenha.

Enquanto uns não se podem afastar da esfera onde viveram, outros se elevam e percorrem o espaço e os mundos; enquanto alguns Espíritos culpados erram nas trevas, os bem aventurados gozam de resplandecente claridade e do espetáculo sublime do Infinito; finalmente enquanto o mau, atormentado de remorsos e pesares, muitas vezes insulado, sem consolação, separado dos que constituíam objeto de suas afeições, pena sob o guante dos sofrimentos morais, o justo, em convívio com aqueles a quem ama, frui as delícias de uma felicidade indizível.

Também nisso, portanto, há muitas moradas, embora não circunscritas, nem localizadas."[41]

A Colônia de Héstia é uma dessas moradas onde encontramos o trabalho incessante como fonte de amor e de vida.

Espíritos Nobres dirigem as almas frágeis e necessitadas; como as crianças por seus orientadores.

Outros Espíritos em processo de aprendizagem e desenvolvimento de habilidades especiais estagiam para se equiparem no enfrentamento das romagens terrenas futuras.

---

[39] O Evangelho Segundo o Espiritismo. Allan Kardec. Editora FEB. Capitulo III, item 2.

[40] Estado dos Espíritos não encarnados, isto é, estado dos Espíritos entre uma encarnação e outra.

[41] O Evangelho Segundo o Espiritismo. Allan Kardec. Ed. FEB. Cap. III, 2

As artes em geral, padrões revolucionários de engenharia e arquitetura primam pela integração do homem com a natureza.

A medicina do Ser Integral compreendendo corpo mente e espírito.

As ciências sociais estruturando o entendimento e a compreensão dos conceitos de liberdade, igualdade e fraternidade. A bioética, a paz, a democracia, a aristocracia intelecto moral, conhecidas e vividas por esses cristãos de Héstia, seriam implantadas na Terra paulatinamente.

Os Espíritos se fortaleciam nesses ideários antes do retorno à esfera física.

Essas mentes esclarecidas na esfera espiritual, quando encarnadas, produziriam nos cérebros físicos o campo magnético adequado para o trânsito do conhecimento entre as duas dimensões.

Espíritos de sabedoria também retornariam à Terra para firmar os pilares fundamentais das novas gerações do direito e da relação entre as pessoas e as nações.

As nações do porvir se organizavam no plano espiritual para o estabelecimento das bases que fundamentariam a transição para o Mundo Melhor

Expressiva maioria dos habitantes da Colônia de Héstia era constituída pelos cristãos que foram sacrificados por seu amor ao Evangelho de Jesus na sua pureza primitiva.

Nessa esfera de amor, antigos Cátaros, Albigenses, Valdenses, e outras pequenas comunidades cristãs, martirizadas nas perseguições do início do século XIII, reuniram-se naquela Morada que Jesus lhes houvera preparado.

Considerados hereges, seu crime fora servir a Deus e ao próximo.

Esses cristãos não se limitaram a cuidar de si mesmos. Assim que foi possível, procuraram resgatar os antigos algozes.

Jamais se consideraram injustiçados. A Lei não erra o endereço nunca. Excetuados os mártires voluntários, os que se entregam em holocausto para testemunhar o Bem e fortalecer a fé nas almas vacilantes, todos os demais perecem sob o olhar impassível da filha de Urano e Gaia[42].

Certos de que, ao perecerem nas fogueiras da ignorância, cumpriam os desígnios de Deus e apressavam o aprimoramento próprio, no instante supremo repetiam as palavras de Jesus:

"Pai, perdoa-os, eles não sabem o que fazem".

A compreensão de que a Lei é de Amor e que a reparação é indispensável confere lucidez na análise dos fatos e das circunstâncias.

A vontade do Pai, segundo Jesus, é que o *pecado* seja banido da Terra e o *pecador* aprenda amar e a instruir a si mesmo e ao próximo.

A Lei de Amor se desdobra nas diretrizes e linhas da justiça, solidariedade e caridade, para regularem as relações dos mundos e das humanidades pelo universo infinito.

Por essa razão, Jesus desconstrói o ensinado pelos antigos para iniciar uma pedagogia nova:

Aprendestes que foi dito:

---

[42] Deusa Têmis. Ela era a deusa-guardiã dos juramentos do homens e da lei. Era costumeiro invocá-la nos julgamentos perante os magistrados. É também símbolo da justiça, mas a Deusa da Justiça é sua filha com Zeus, chamada Diké ou Dice.

"Amareis o vosso próximo e odiareis os vossos inimigos.

"Eu, porém, vos digo:

"Amai os vossos inimigos[43].

A orientação é para que o pensamento seja construído a partir do entendimento correto das experiências.

Reler os eventos da vida para aceitar o passado e construir o futuro sobre fundamentos de confiança, obediência, resignação, desapego e castidade, nos seus significados de transcendência.

A proposta de amar o inimigo é imperativa. *Amai*. Mas esse imperativo é transmitido com música. Precisamos ouvir Jesus cantando: *amai...*

Aprender amar. Eis a questão. O método que Jesus recomenda é o da convivência. Conviver para amar. Caminhar com o Outro quantas milhas forem necessárias.

Após um tempo de caminhada ocorre a identificação ainda que com o suposto inimigo.

A identificação gera afinidade.

Afinidade nutre a alma.

Alma nutrida deixa de ser miserável.

O que detém recursos ama a fonte da sua força.

É um círculo virtuoso.

Amar o inimigo pressupõe o entendimento de que nos encontramos todos em faixas vibratórias muito semelhantes.

---

[43] Bíblia Sagrada. Mateus, 5, 43 e 44.

A depender das circunstâncias, qualquer um de nós pode ter comportamento até mais equivocado que o do suposto algoz.

Nas lutas morais, somos devedores da lei. Nenhum há que possa censurar a conduta do irmão em humanidade sem estar censurando a si mesmo.

Para esses Cristãos renovados, conviver harmoniosamente ou servir aos seus desafetos do passado era considerada oportunidade de redenção.

As memórias das perseguições que culminaram em menos de uma semana com o extermínio de mais de duas centenas de Cátaros pela morte na fogueira no Castelo de Montsègur, eram mantidas nos arquivos espirituais da Casa do Sol, também carinhosamente referida *Casa de Jesus*.

Os líderes da Colônia, entre eles Dimitri, aconselhavam que este assunto não fosse abordado fora da Casa do Sol.

Mais de quatro séculos decorridos dos acontecimentos dolorosos. Algozes e vítimas já estavam em condições de conviver em paz.[44]

---

[44] Nos anos de 1209 a 1244, aproximadamente, o papa Inocêncio III deflagrou uma Cruzada contra os Cristãos que se assentavam, desde o século XII, nos territórios feudais do Languedoc, no sul ocidental da França. Os Cátaros foram considerados hereges pela Igreja Romana por desconsiderarem alguns dogmas, por acreditarem na reencarnação, na comunicação com os Espíritos e por professarem a pureza de alma e a caridade como a identificação dos seguidores de Jesus. Além do Languedoc, vários outros grupos de Cristãos com os mesmos ideais se espalhavam em outras regiões da França e na Itália. Francisco de Assis incorporou os mesmos comportamentos dos Cátaros, de amor à verdade, culto à natureza e despojamento dos bens materiais. Ter se submetido à pressão da Igreja e criado uma Ordem, livrou Francisco de ter o mesmo destino dos seus irmãos. Alguns Cátaros, Albigenses, Valdenses e outros, que conseguiram fugir, se refugiaram na Ordem Franciscana.

A Casa do Sol mantinha sob sua responsabilidade os arquivos históricos dos habitantes da Colônia. O acesso a essas informações era restrito aos Espíritos que dirigiam a Colônia e aos próprios Espíritos protagonistas, quando tivesse finalidade útil.

Os planos reencarnatórios eram traçados naquele Templo Sagrado por equipes de Espíritos habilitados.

Os agrupamentos familiares eram definidos após estudos de cada caso em particular. Pontos de intersecção e conexão cuidadosamente estudados; análise de cenários prováveis.

Algoritmos baseados nos movimentos sociais da Terra e no avanço da civilização conferiam a precisão possível de que os conhecimentos humanos podiam alcançar.

Finalizados os mapas reencarnatórios, a depender da complexidade, eram submetidos a esferas superiores.

Massália pensava nisso enquanto olhava a mãe se distraindo com o irmãozinho.

No dia vindouro, ela se reuniria com Dimitri e outros Espíritos de sabedoria. Teria acesso ao que estava sendo desenhado para Amália, Damon, e para ela também.

A jovem sentia grande ventura pela mãezinha e por Damon, ambos se recuperando.

Meditava nos rumos que seguiriam a partir de então.

A mãe e o irmão Tibério, embevecidos com os Seres maravilhosos era uma cena que a enchia de ternura. Esperava por isso há tempos. Gratidão era o sentimento daquela hora.

Berenice se aproximou da amiga, enlaçou-a e ficaram assim envolvidas pelo amor fraternal que as acompanharia pelas eternidades adiante.

— *Querida, amanhã te reunirás com a equipe que elabora os planos reencarnatórios dos nossos amores, não é?*

— *Sim, Berenice. Amanhã! Mas hoje vamos cantar brincar e dançar! Porque a vida existe para ser vivida, não é minha irmã?*

Riram-se ambas. E se envolveram com a tarefa da convivência que melhor desempenhavam: cantar, brincar e dançar!

A fonte da vida é o Amor.

O PORVIR

> *Sabem os Espíritos em que época reencarnarão?*
> "Pressentem-na, como sucede ao cego que se aproxima do fogo. Sabem que têm de retomar um corpo, como sabeis que tendes de morrer um dia, mas ignoram quando isso se dará."
> *a) – Então a reencarnação é uma necessidade da vida espírita, como a morte o é da vida corporal?"*
> "Certamente; assim é."[45]

Gláucia chegara com seu melhor sorriso.

O ambiente do abrigo se ilumina para Damon.

— *Senhora Gláucia! Vanir desde cedo prenuncia a sua chegada. Já aprendi a me comunicar com esse inseparável companheiro. Obrigado por vir até a presença deste ser miserável que sou.*

— *Damon, jamais repita isso. És filho de Deus. Tens noção do alcance da nossa filiação Divina?*

— *É verdade. Perdoa-me. Só posso ser grato.*

---

[45] O Livro dos Espíritos. Allan Kardec. Editora FEB. Questão 330.

A Senhora e Vanir têm sido meu refúgio e consolo inestimáveis nesses dias difíceis.

Preciso aproveitar a sua presença Senhora Gláucia e não vou perder esse precioso tempo reclamando de quimeras.

— Sim. O tempo é recurso do Senhor. Aproveitemos a hora que passa. Então, meu amigo, como estás?

Damon desejava demonstrar otimismo, mas o sorriso esmoreceu no rosto.

Tinha receio de falar das suas angústias, da sua história. Ao mesmo tempo, somente ela, Senhora Gláucia, compreenderia. Somente a ela abriria o coração sem receio.

A Senhora Gláucia o chamou para que descessem a encosta até a praia. Vanir os acompanharia, como sempre. Silencioso, discreto. Amigo incondicional.

Desceram os três por trilhas repletas de beleza rupestre.

Assentaram-se Gláucia e Damon sobre uma rocha hospitaleira e por algum tempo permaneceram em silêncio olhando a magnífica paisagem do mar do Mediterrâneo.

O som das ondas que se quebravam suavemente participava dos instantes inesquecíveis para aquelas almas unidas vigorosamente pela insondável energia do amor.

Massália conteve a emoção que a dominava e com doçura sorriu, encorajando Damon a falar.

— Senhora Gláucia, a sua voz me recorda Nina. Tenho-a hoje pelo grande amor da minha vida. Perdoe minha ousadia. Mas se fecho os olhos quando falas, ouço minha Nina.

Entretanto ela está morta! E eu sou o responsável. Não há perdão para mim.

Preciso morrer, Senhora Gláucia. Somente a morte me trará alívio para o remorso e a saudade que dilacera meu corpo e minha alma.

Em vão, busco o centro da dor. Não há lugar em meu corpo que me torture menos.

— Acreditas, meu irmão, que encontrarias repouso na morte? Supões que o Pai Celestial tenha criado o Ser para a inutilidade? Porque a morte da vida seria a própria condenação da Obra Divina.

O silêncio eterno não existe. Nosso Pai é muito maior que tudo isso.

A morte é uma ilusão. Nada em a Criação verdadeiramente morre. A Vida é uma constante transformação para melhor.

Ouça-me, Damon: jamais morrerás. Jamais!

— Entendo que falas de forma transcendente. A morte do corpo, porém, me levará ao inferno que certamente está reservado à minha indigência. E eu me sentirei consolado, entregando-me ao fogo sem fim. Seria a forma de compensar minha consciência que então se distrairia nos tormentos da pena que mereço.

Acredite, eu me entregarei sorrindo aos mais acerbos padecimentos para me punir do que fiz a Nina.

As últimas frases foram entrecortadas por soluços incontroláveis. O ex-comerciante Português soluçava como se fora uma criança.

Gláucia também chorava. Permitiu que as lágrimas escorressem livremente e se misturassem à neblina fina que vinha do mar. Chorava pelo seu Amor. Desejava abraçá-lo, mas, se o fizesse, ele a reconheceria.

Então, apenas chorou com ele.

— Damon, meu querido. Afianço-te de que a morte não existe e, menos, ainda o inferno como o entendes.

Observes meu irmão, e percebas que já transpusestes os portais que o trouxeram a esta dimensão espiritual.

Teu corpo é leve; a paisagem à tua volta possui recursos muito diferentes daqueles que a Crosta Terrestre nos proporciona.

Vives, há tempos, a vida dos Espíritos. Vives a vida verdadeira. Estás de retorno à Pátria Espiritual.

Tua alma rebelde se recusa a aceitar o que já sabe por intuição.

Damon, ao invés de ficar perplexo, compreendeu tudo num ápice de segundo.

Fez análises rápidas e precisas, alma inteligente que era. E soube que, sim, havia transposto os portais da morte.

E, com a mesma lucidez que num repente lhe tomara conta da mente, pensou em Nina e onde poderia encontrá-la.

Gláucia veio em seu socorro.

— *Nina está num plano, por enquanto, interditado à tua visão. Por isso não a encontrastes.*

— *Senhora Gláucia, por Deus! Fale-me dela!*

A imagem dos olhos da minha amada sendo devorados pelos abutres, destruídos para sempre e por minha culpa, toma conta de mim.

Sinto e ressinto a dor dela por saber que eu a traí.

Ah! Senhora Gláucia, não há perdão para mim.

Que Deus me puna tirando-me a capacidade de ver para todo o sempre.

— *Não te demores na culpa, Damon ou lesarás os tecidos sutis do corpo espiritual, criando para ti mesmo enfermidades desnecessárias.*

Tua amada conhece a verdade e te perdoa. Quanto a ti, prepara-te para os novos cometimentos que te aguardam na esfera densa.

Ainda ontem estive com nossos Mentores. Serás encaminhado à nossa estância no Bosque da Harmonia para atendimento mais adequado.

Assim que te refaças, haverás de retornar à esfera densa por um tempo breve. Será um tempo de repouso para tua alma. Estão programadas três experiências breves antes que retornes para as lutas redentoras.

— Senhora Gláucia, não consigo acompanhar o seu raciocínio. Não sei o que significa essa volta. Voltar para onde? O que é a esfera densa? Que experiências serão essas? E Nina? Preciso saber mais sobre ela!

— Não apresses Damon o que deva vir no ritmo da vida.

Em a natureza tudo se encadeia.

Quando escolhemos atalhos, desviando-nos da missão, o tempo, e somente ele, poderá nos recolocar de volta.

Necessário colhermos os frutos da insensatez que houvemos semeado, antes de solicitarmos as dádivas do Senhor.

Tenhas fé em Deus e nos amigos que nos dirigem. E te entregues aos programas de redenção elaborados pelas mãos sábias dos nossos irmãos mais experientes, não só para ti, mas para todos nós.

Ainda hoje, ingressarás em nossa estância de aprendizado e refazimento.

Irei contigo e o deixarei aos cuidados de Berenice e Klaus.

Sem qualquer gesto de relutância, Damon perguntou:

— E, Vanir? Poderá ir conosco?

— Vanir é valoroso colaborador da nossa Colônia. Ele compõe a equipe que está encarregada dos teus cuidados.

— Graças a Deus! Procurarei ser enfermo de fácil trato, apesar do meu indócil temperamento.

— És nosso irmão querido! Não és indócil coisa nenhuma. És profundamente amado e sabes disso! Vamos que o tempo tarda.

NOVO LAR

Da existência de diferentes ordens de Espíritos, resulta para estes alguma hierarquia de poderes? Há entre eles subordinação e autoridade?

"Muito grande. Os Espíritos têm uns sobre os outros a autoridade correspondente ao grau de superioridade que hajam alcançado, autoridade que eles exercem por um ascendente moral irresistível."

a) – Podem os Espíritos inferiores subtrair-se à autoridade dos que lhe são superiores?

"Eu disse: irresistível".[46]

Gláucia, Damon e Vanir chegaram à estância liderada por Berenice e Klaus. Ambos os aguardavam sorridentes.

— *Então, que vemos! Três seres alegres! Os donos do mundo!* Berenice exclamou para recepcioná-los.

— *Minha irmã! Imaginas nossa felicidade! Donos do mundo sim!*

---

[46] O Livro dos Espíritos. Allan Kardec. Editora FEB. Questão 274.

Vanir tem sido valioso por todas essas semanas.

E nosso Damon, ah! Só elogios para esse doentinho tão dócil!

Ao falar a palavra *dócil*, Gláucia olhou para Damon e Vanir de forma especial e os três riram alegremente num entendimento recíproco.

Nesse ambiente de harmonia que só o amor fraternal consegue construir, inúmeros colaboradores se acercaram do grupo para dar as boas vindas ao novo hóspede.

Damon chegava portando títulos intercessórios, fundados na mais pura amizade. Ele se enterneceu. Assim como na primeira vez que viu Vanir, novamente sentiu que estava em casa.

As horas passaram céleres.

Gláucia fez questão de acompanhar Damon no reconhecimento daquela estância de socorro. Chamava sua atenção para cada detalhe.

Depois, o levou aos aposentos que lhe serviriam para repouso e recuperação.

Esclareceu-o a respeito de como se processava a higiene pessoal, a iluminação do ambiente a partir de elementos da natureza, e os meios de comunicação com os colaboradores mais diretos.

Gláucia estendia as explicações para adiar o momento de dizer a Damon que se ausentaria da sua presença por tempo considerável a fim de atender a outras emergências.

Num intervalo que se fez maior, Damon volta a insistir:

— *Poderia dizer que és irmã de Nina. A vossa voz e a forma como me apresentas este reino encantado...*

Não pude deixar de lembrar, quando em nosso segundo encontro, ela me mostrava o cais do porto de Marselha. Ambas são tão parecidas. Tua presença me faz recordar a minha Nina de uma forma que me conforta tanto!

Gláucia sentiu que mais uma vez a sua identidade estava ameaçada. Aguardou um pouco, sorriu e começou dizendo suavemente que sua tarefa junto dele estava concluída. De agora em diante outros companheiros assumiriam os cuidados de que necessitava. Outros trabalhos a aguardavam.

Gláucia procurou manter naturalidade, mesmo diante do olhar perplexo do Ser Amado. Escondeu a lágrima que teimava escorrer dos olhos meigos. Mudou a direção do olhar e falou procurando dar entonação alegre à própria voz:

— *Seja dócil com meus amigos como fostes comigo, hein! Voltarei assim que me seja possível. Precisamos nos despedir, mas lembre-se, em breve estaremos juntos novamente.*

Até lá, cuida de ti mesmo e não esqueças nunca de Jesus. Nele encontramos nosso refúgio sagrado. No Seu Amor Divino nos reunimos todos nós, os que representamos o amor humano na Terra.

Damon deixava que as lágrimas escorressem livremente pela sua face. Sabia que a Senhora Gláucia, por alguma razão desconhecida, precisava, ela também, deixá-lo só.

Olhou para Vanir e buscou consolo no coração generoso daquele Ser maravilhoso! Vanir se achegou a ele e o abraçou como quem entendia o que a ausência daquela irmã significava.

Gláucia abraçou a ambos e num fio de voz os convidou para irem com ela até o portal de onde rumaria mais rapidamente aos postos de trabalho que a aguardavam.

Os três procuraram imprimir serenidade àqueles momentos que antecederam as despedidas que adiaram quanto possível fazendo comentários sobre as belezas daquele paraíso desconhecido para a maioria das almas da Terra.

De retorno, Damon enlaçou o amigo Vanir e se deixou conduzir com a docilidade de quem escolheu se entregar ao próprio destino sem desejar controlar nenhuma ocorrência mais.

Queria fortalecer a própria fé e precisava confiar nas palavras da amiga e irmã querida. Queria viver intensamente aquele momento e, para isso, sentia necessidade do silêncio.

Damon, nessa experiência forte, começava abandonar a personalidade extrovertida e controladora para iniciar o processo de introspecção. Algo nele mudara para sempre. A solidão seria a sua companheira daí em diante. Estaria, no futuro, sempre envolvido na multidão, mas a alma permaneceria recolhida.

O legado que Damon trazia da existência física que findara era a arte da convivência espontânea.

Aprendera a rodear-se das pessoas e ser companhia agradável. Estaria sempre rodeado de pessoas nos tempos que seguiriam, associaria à convivência a arte do cuidar.

Tornar-se-ia um cuidador de quantos o procurassem.

Muitos o conheceriam pela extroversão; mas ela seria sempre uma forma carinhosa de levar alegria aos corações mais frágeis. Ele, porém, manteria no íntimo o recolhimento que fazia questão de imprimir a si mesmo. Os olhos sempre serenos passariam a esconder melancólica saudade.

Nos dias que seguiram, Damon se entregou aos cuidados dos amigos Klaus, especialista em magnetismo curador, e Berenice, conhecedora dos segredos da Natureza como ninguém.

Era dócil, porém taciturno. Passava horas a fio em contemplação; não requisitava nada para si, nunca.

Meses depois da partida da Senhora Gláucia, vamos surpreender Damon assentado sobre uma rocha ante o mar do Mediterrâneo, com Vanir ao seu lado.

— *Ah, meu irmão! Como tenho sido abençoado por Deus pelas amizades que encontrei aqui.*

Meu coração é repleto de gratidão.

Mas a lembrança de Nina me tortura. Não esqueço os olhos dela me fitando cheios de ternura e confiança quando a coloquei na carroça que a levaria para o destino trágico. E eu traí aqueles olhos a ponto de causar a sua destruição. Animais ferozes e feras humanas os destruíram para sempre.

Como deve ter sofrido. Nada para mim é pior que a ideia dela partindo do mundo físico, convicta de que a traí. Desventurado que sou. Não me perdoarei jamais.

Sei que a Senhora Gláucia saiu da minha presença porque ela de alguma forma lembra-me Nina. A voz, os gestos. Ela foi gentil e amável se afastando, supondo que me ajudaria com isso. Mas não! Minha solidão somente se tornou maior.

Ah, Vanir! Não fosses tu, meu querido, para ouvir-me as queixas sem jamais reclamar, acho que teria voltado para as sombras da floresta.

Damon realizava progressos de comportamento, a saúde do corpo espiritual melhorava, mas sua mente aprofundava na culpa.

Klaus aproximou-se de ambos naquele colóquio solitário.

— *Então, Damon! Fitas o mar à espera de tua Nina, não é?*

Assim como eu, também, meu querido.

Não penses que a dor da saudade e da culpa sejam exclusividades tuas. Não, meu irmão.

Venho aqui dividir contigo a companhia desses sentimentos e contar a minha história.

Em tempos idos, também eu, por negligência moral, levantei a mão contra meu irmão em Jesus e com isso perdi o direito de desfrutar do amor generoso e puro que é o alimento dos nossos corações humanos.

Tenho atravessado existências miseráveis. Mas nada se compara com a última, quando levantei a mão contra mim mesmo.

Destruí meu corpo físico e retornei à Pátria na condição de mendigo espiritual.

Não fosse a misericórdia de Deus, a bondade e o desprendimento dos irmãos desta Colônia, e estaria errando, torturado pelas sombras do mal que reside em mim.

Até os dias de hoje eu amargo o orgulho de casta que me perdeu. Em tempos idos, julgava que detinha a hegemonia do conhecimento e supunha que Jesus precisava da minha espada para defender a sua Doutrina que é de Tolerância e Amor. Desconsiderei a Sua determinação a Pedro para que colocasse na bainha o instrumento de ferir e destruir.

Fixei meu entendimento nos dogmas da ilusão e, com isso, me perdi.

Aguardo neste Posto de Socorro da Misericórdia Divina o dia do retorno à forma física quando me será conferida oportunidade de expiação.

A expiação, meu irmão, é o movimento da Lei que, pela via do sofrimento, compele a alma rebelde a encontrar em si mesma o Deus interno que jaz latente desejando manifestação.

Expiar é colocar Deus para fora, permitindo que os atributos da nossa filiação Divina resplandeçam. Quando, negligentes e imprudentes, buscamos atalhos que nos isentem do trabalho sobre nós mesmos e pelo progresso da Terra, candidatamo-nos à evolução pela via da dor.

Por essa razão, eu protagonizarei experiências dolorosas que aprofundarão o meu pensamento, permitindo que ocorram as modificações necessárias em tempo diminuto para compensar as em que malbaratei o tempo.

Sou hoje o resultado do tempo perdido.

Minhas energias afetivas comprometidas pelas forças da rebeldia precisam de realinhamento.

Somente alcançarei essa realização se as circunstâncias me colocarem na posição de necessitado da compaixão alheia, a qual neguei a meus irmãos em outros tempos.

Preciso transitar pela expiação para iniciar o processo de reabilitação e reparação perante a Lei.

Venho rogando a Jesus que me permita viver como servo humilde nas hostes do Consolador quando se tiver implantado na Terra. Penso que aproximadamente três séculos serão necessários até que esse dia nasça para minha indigência.

Rogo a Deus, que nos dias vindouros dos derradeiros testemunhos dos Cristãos, ainda que na última hora, seja a minha singela força de trabalho convocada ao serviço de difusão da Boa Nova rediviva.

Meu empenho nesta Colônia tem sido o de dar o meu melhor e construir elos de amizade.

O Amor fraternal de quantos eu puder convocar ao meu coração será a minha garantia de errar cada vez menos.

Damon permanecera silente, perplexo. Considerava Klaus alma nobríssima naquele ambiente de amor e acolhimento. Jamais poderia supor que o semblante jovial sempre disposto a servir e sorrir escondesse uma história tão recente de dores acerbas. Supunha-o colecionador de vitórias incontáveis cujo passado de lutas sobre si mesmo estivesse envolto nas brumas do esquecimento que o exercício do Bem confere aos Espíritos que se enobreceram.

Olhou profundamente grato à confissão do amigo Klaus e somente conseguiu balbuciar:

Meu irmão, quem sabe possamos nos encontrar nos tempos que virão e consorciar as nossas forças para a implantação do Reino de Jesus na Terra, quando forem chegados os tempos?

De agora em diante serás meu companheiro de lutas. Juntemos nossas dores e nos amparemos um no outro. Obrigado, meu irmão! Jamais serei grato o suficiente. Teu relato me tirou da sombra na qual estava me comprazendo.

Ajuda-me a caminhar na luz do entendimento ainda que sob a dor da solidão. Preciso aprender a ser só até que aprenda a amar verdadeiramente!

A partir desse momento, Damon e Klaus estabeleceram conexão magnética de fraternidade pura.

Ainda quando estiveram em dimensões diferentes, pelas necessidades de cada um, não deixaram de se comunicar, trocar opiniões, definir estratégias.

E, nos dias atuais, é provável que tenham alcançado a graça de estarem trabalhando na Seara do Consolador conforme se propuseram trezentos anos passados. Que assim seja, Senhor!

CIBELE

Com cada homem, pessoalmente, Deus se ocupa? Não é Ele muito grande e nós muito pequeninos para que cada indivíduo em particular tenha, a seus olhos, alguma importância?
"Deus se ocupa com todos os seres que criou, por mais pequeninos que sejam. Nada, para a sua bondade, é destituído de valor."[47]

Aqueles Seres alados, maravilhosos, incomodavam sobremaneira Cibele.

A presença constante deles, à sua volta, com seus ruídos peculiares, longe de lhe causarem admiração a irritavam.

Preferia sossego e silêncio.

Mas, eles estavam sempre por perto. Sabia que eram *"espiões"* da Colônia, observando cada movimento seu. Já pedira a Massália que a livrasse deles. Em vão!

---

[47] O Livro dos Espíritos. Allan Kardec. Editora FEB. Questão 963

O melhor que conseguira foi não os ter por perto nos aposentos pessoais. Além disso, por onde andasse, sempre um deles estava à espreita!

Gostava de estudar, ler, escrever. Preferia os ambientes ao ar livre, desfrutando da natureza da Colônia. Mas, a proximidade dos *"alados"* tirava a sua concentração. Nunca a incomodaram fisicamente. Isso admitia. Mas *eles* lhe tiravam a privacidade. E isso era insuportável para ela.

Cibele até tolerava os *Minúsculos* sem asas porque eles não apareciam *"do nada"*.

Quanto a Vanir, também nenhuma simpatia. Ele seria *"outro espião"* segundo seus conceitos.

Reconhecia que sua vida na Colônia não poderia ser melhor considerando tudo porque já passara.

Amava aquele Paraíso e era grata por todo o conforto que desfrutava. Mas esquecer... Não conseguia.

Vingara-se de seus algozes de mil formas, mas a dor pelos sonhos desfeitos permanecia.

Já não sentia ódio. Mas também não conseguia sequer pensar em perdoar.

Assim, envolta em seus pensamentos recorrentes, encontramos Cibele.

Uma jovem de rara beleza e coração amoroso.

A mente, entretanto, permanecia estacionada em dolorosas e sombrias recordações, o que lhe imprimia ao semblante expressão de vaga tristeza. O olhar, a maior parte do tempo inexpressivo, como fitando paisagem longínqua.

— *Cibele, minha querida!*

Soube que já lestes todo o acervo que temos sobre alquimia!

Indiquei-te dois títulos e devorastes a bibliografia inteira! Teu interesse por este assunto impressiona!

Assim chegava Massália para visitar aquela alma que tanto lhe era cara, tirando-a das lembranças amargas que insistia em cultivar.

— *Mãe! Como estás linda! Ah! Bem sabes que ler me acalma e redireciona meus pensamentos. Estou me tornando aquilo que sou, minha mãe! Uma bruxa! Agora com técnicas e conhecimentos mais elaborados!*

Ambas riram alegremente e se abraçaram de uma forma muito especial, olhando-se e elogiando cada detalhe que encontravam de diferente uma na outra.

Passados os momentos desse ritual, buscaram um balanço em forma de banco atado em uma árvore gigante e iniciaram conversação animada.

— *Então, Mãe! Quando me livrarei dos "alados"? Eles estão por toda a parte. Eu já disse que de agora em diante não é necessária essa vigilância toda! Estou me comportando maravilhosamente bem.*

Se possível, deixa somente os "minúsculos sem asas". Pelo menos eu os vejo antes que me surpreendam. Vivo me assustando com tantos "amiguinhos" que chegam e partem fazendo ruídos, ruídos e ruídos.

— *Minha "Bela". Eles compõem o Reino Maravilhoso da Natureza. E jamais te farão qualquer mal. Todos os Pequeninos que habitam nossa Colônia estão inclinados para o bem e o belo pela influência do magnetismo aqui preponderante.*

Eles te aborrecem porque foram os primeiros a conseguir desviar a tua atenção nos dias difíceis.

Nina. Uma história de amor.

Estavas de tal forma envolvida consigo mesma que nada mais vias além das tuas próprias formas pensamento. Com seu jeito peculiar, eles abriram espaço na tua "rotina", criando-te algo com que se preocupar. Por isso te recordas deles como incômodo.

Nem de longe são "espiões" conforme pensas! Não! Hoje eles permanecem com a proximidade porque se afeiçoaram; a tua beleza e teu amor pela leitura são fascinantes para eles. Gostam de participar de tudo que fazes.

— Mama! Dispenso! Estou aprendendo a conviver com o Vanir. Uma conquista de cada vez!

Mas, dize-me! E Adamastor? Soube que chegou a nossa estância. Poderei vê-lo?

— Sim, Cibele. Ele já está em nossa estância, na Ala da Paz.

Claro que poderás vê-lo. Ia justamente te pedir isso. Eu não devo me aproximar demasiado porque minha presença desperta as suas recordações. Mesmo na forma de "Minúscula", ele "sente" que sou eu.

— É o amor que dedicam um ao outro, Mama. Isso me comove tanto.

Como a Senhora sempre fala: Só o Amor vale a pena.

— Sabe, filha, a forma como me desejava **boa noite** era especial. Quando me recolho mais intimamente, invariavelmente, ouço cada palavra, revivo cada gesto. **"Boa noite, minha menina. Os Anjos do Senhor te velem o sono".** Nesses momentos, Adamastor mostrava toda a ternura da sua alma nobre.

Então, minha filha, depois de ouvi-lo me dizer **boa noite,** meu coração se enchia de paz. E sim, eu viajava com os Anjos do Senhor. Sinto essa falta.

— Ah! Minha mãe! Que amor lindo esse. No tempo de Deus se reunirão para jamais voltarem a separar.

Amo-te tanto, mãezinha.

Quando a Senhora está ao meu lado tudo parece tão simples e tranquilo.

Dionísio também é meu refrigério. Mas pouco posso desfrutar da companhia dele. E quando ele se afasta, eu volto para aqueles sentimentos terríveis de vazio quase absoluto que nada preenche.

— Filha, prepara-te com calma.

As notícias que tenho para hoje não poderiam ser melhores.

Haveremos de retornar à esfera densa num período aproximado de trezentos anos. Muito provavelmente estaremos juntas na carne.

Será o período da redenção de todos nós.

— Que dizes, Mama? Retornarei? Retornaremos? A Senhora irá também? Mas a encarnação não estava interditada para mim por tempo indeterminado?

— Temos data agora, meu amor! Teus progressos são significativos. Teu amor por Jesus é tão verdadeiro que Ele mesmo autorizou o Planejamento de Dimitri.

Sim, retornaremos e estaremos juntas, amparando-nos e a tantos outros companheiros que aproveitarão a nossa presença na Terra.

Nós nos aproximaremos de Gustavo que hoje ainda vaga em regiões de grande sombra. Trezentos anos será o tempo de que ele também precisará para que se estabeleçam as condições mínimas de nos reunirmos.

Tê-lo-ei provavelmente por esposo, e alguns dos nossos, por filhos. Meu organismo precisará ser poupado; é provável que encontremos solução pela via não genética. Isso também exige tempo maior.

Dionísio deverá ombrear contigo. Será a época da Grande Transição e estaremos trabalhando pela implantação do Reino de Deus na Terra.

É um planejamento. Oremos a Jesus cuja misericórdia para com nossa família tem sido infinita.

Cabe-nos viabilizar as circunstâncias que estejam ao nosso alcance, fortalecer a fé e realizar o bem possível a fim de que, na hora da luta, ambientados no esquecimento, possamos contar com amigos que nos guiem de mais Alto.

Cibele não continha as lágrimas de júbilo e gratidão. Abraçou a mãezinha e deixou que o choro curador tomasse conta de todo o seu corpinho.

— *Ah! Minha Mama! Sei que será uma encarnação de sacrifícios para a Senhora. Mas sem o teu carinho nós sucumbiremos. Que Deus nosso Pai possa recompensar o teu amor por nós.*

Vou esforçar-me nesse tempo que até considero curto para tanta coisa que preciso modificar em mim.

Vou hoje mesmo procurar Adamastor e fazer por ele o que a Senhora neste momento não pode. Serei sua amiga e, juntos, fortalecer-nos-emos para os empreendimentos que se afiguram à nossa frente.

E Klaus, Mama?

— *Ele será teu irmão minha filha!*

E Timóteo, cuja alma rebelde rejeita nossa presença, preferindo estagiar nas regiões da insensatez, também estará conosco. Tenho aos poucos conseguido chegar até ele e percebo que já está cansando da convivência com as almas primárias que ele lidera em razão da inteligência que é seu marco de conquista.

Teu irmão que contigo comandou hostes de almas em desequilíbrio, em breve aceitará, como tu mesma, vir para nossa Colônia onde permanecerá, sob nossos cuidados mais diretos.

Mas, como disse, Timóteo estará conosco difundindo o Consolador nas terras brasileiras. Tenho certeza disso. Provavelmente os primeiros anos da encarnação serão quase intransponíveis para ele. Mas vencerá. Bem antes do "meio dia" já todos estaremos juntos trabalhando na Seara do Mestre. Consigo ver isso com muita clareza.

Mariah, detentora de tantos dons da harmonia e da ciência, retornará em encarnações relativamente curtas que a prepararão para os desafios que enfrentaremos todos na Transição do Planeta.

E Davino, filha! Ele irá também. Para nós será o porto seguro, mas especialmente nos anos verdes da tua encarnação que também para ti serão desafiadores. O Amor a Jesus que vocês desenvolveram será a linguagem comum que os unirá de uma vez por todas, para sempre.

E, olhe, pretendo reunir em meu colo maior número possível dos afetos, que guardo como precioso tesouro.

Dimitri diz que meu plano, neste aspecto, é audacioso e somente o aprovou em parte. Segundo ele, meu organismo será constituído para suportar três décadas no Planeta; no máximo quatro. Não desisto, entretanto.

Sei que posso deixar algumas questões em aberto; conforme as metas iniciais forem sendo cumpridas, podemos ir estabelecendo outras, já no plano físico.

Para isso, necessitarei das tuas habilidades e das de Klaus. Ambos me ajudarão para traçar todas as variáveis em mais de um nível de possibilidades. Como vês, tu e teu irmão já começam aqui, a trabalhar juntos.

Seremos uma grande família na Terra, filha! Como já somos aqui! Sabes que sou exagerada!

— *Sei, Mama! Como sei!*

E ambas começaram a rir esplendorosamente como se no universo não existisse nada mais importante e precioso que aqueles momentos de tanta ventura.

Mãe e filha passaram horas juntas fazendo e revendo planos.

Cibele tinha especial competência quando se tratava de planos. Sabia como ninguém elaborar estratégias. Essa habilidade, daqui em diante, seria empregada a benefício.

Cibele, então, ficou encarregada de detalhar o planejamento de Dimitri que retornaria à sua apreciação com os adendos sugeridos por ela.

Ao final da tarde, seguiram juntas ao Cenáculo de Maria onde Dimitri faria uma preleção para um grupo de Espíritos que se preparavam para reencarnar em tarefas redentoras.

O Cenáculo era um espaço de grandes proporções, encravado numa entrância rupestre. Acústica perfeita com formas de iluminação vindas dos elementos da natureza.

Vegetação harmoniosa compunha o ambiente acolhedor permitindo acomodações confortáveis a quantos ali se reunissem.

Dimitri já se encontrava no ambiente permitindo aproximação a quantos desejassem usufruir da sua presença amiga.

Porque assim deve ser.

Aos que dizem servir ao Cristo de Deus defeso é fugirem da multidão pelo medo de se verem admoestados.

O que expõe a palavra do Senhor tem compromisso com os seus ouvintes.

Fazer-se presente no exato momento da preleção e sair de imediato ao suposto cumprimento do encargo é saque indébito que se faz na economia psíquica dos quantos aguardam a disponibilidade daquele que gerou a circunstância de acolhimento e consolo.

Acolher e consolar, para orientar na direção do bem, pede presença.

Dimitri representava essa dimensão de entrega pessoal.

Fazia questão de estar com o público que lhe dispensou a oportunidade de servir.

Defendia a ideia de que o conhecimento melhor se transmite nos intervalos de convivência do que nas exposições propriamente ditas.

Por essa razão, chegava sempre bem antes do horário para dialogar, ouvir sem pressa, abraçar e rir. Ria muito! Procurava o olhar da alegria e do humor saudável para as situações difíceis que lhe eram apresentadas. Fazia isso com sabedoria sem minimizar a dor ou banalizar o evento que lhe era submetido à apreciação.

Dimitri se revestia da autoridade intelecto moral que tornava sua palavra irresistível aos que se permitiam haurir da sua companhia. Sereno e compassivo, conseguia harmonizar o ambiente onde estivesse.

Naquela tarde, falaria aos candidatos à reencarnação sobre os pilares que sustentariam o Consolador no mundo das formas físicas.

Davino e Klaus o acompanhavam prestando suporte no que fosse necessário.

À hora aprazada, alguns minutos foram despendidos para destacar o início da reunião de estudos, sem a preocupação em solenizar a personalidade do Expositor ou dos Espíritos que ali se congregavam, muitos deles de elevada hierarquia, porém, compondo o público ouvinte sem qualquer destaque.

Após referências a Deus e a Jesus, Dimitri iniciou.

O Consolador prometido por Jesus, meus irmãos, para que se implante na Terra, não prescindirá das bases que o sustentarão. Serão necessárias ideias precursoras que germinem no solo ainda estéril.

A primeira tentativa de implantação do Consolador infelizmente restou infrutífera.

Os Cristãos que empunharam a bandeira do amor e da verdade foram exterminados pelo fogo da intolerância e do orgulho.

A tragédia de Montsègur marcou a culminância das perseguições que sepultariam por séculos as ideias do Amor que em vão tentavam renascer na face triste do Planeta.

Por consequência, as iniquidades dominaram as mentes, o inconformismo sedimentou o egoísmo e a lei do mais forte ganhou estatura incompatível com a civilização que o homem já poderia desfrutar, considerando a capacidade intelectual que já dispõe.

O extermínio das ideias Cátaras e a dispersão dos trabalhadores atrasou a Obra em mais de quinhentos anos.

Em nossa Colônia temos estudado minuciosamente as causas do insucesso do Século XIII.

Nos dias que antecederam o martírio de Montsègur, fizemos cálculos de que nos poderíamos reencontrar na Crosta Planetária em aproximadamente setecentos anos daqueles dias.

Mantida essa previsão, a possibilidade das forças Cátaras estarem novamente em sinergia no plano físico ocorrerá por volta do início do século XX.

O Consolador deverá se efetivar no plano denso no final do século XIX contando com a participação de Luminares dos Planos Celestes e de colaboradores que estão e estarão em tarefas as mais diversas.

Vós constituireis os valorosos soldados do Cristo reencarnados no solo Frances e regiões adjacentes.

A maioria de vós sois almas guerreiras que desenvolveram a bravura e a liderança das multidões.

Terão por esta vez a tarefa de harmonizar o solo francês adoecido e encharcado pelo sangue nas lutas fratricidas. Para tanto, contarão com a Liderança especialmente designada por Jesus.

Estimulados pela voz do vosso líder moral, que terá a missão de transmitir as orientações que receberá de mais Alto, este grupo de almas aqui reunidas terá por tarefa a modificação da estrutura do pensamento nos postos de comando da França.

Manuseareis a força das armas para exemplificar e inaugurar a pacificação e o entendimento, a convivência e o trabalho a fim de que a solidariedade e a generosidade se transformem em metas pessoais e coletivas.

A nação francesa, cuja missão primordial é o desenvolvimento das ideias que identificam as civilizações emancipadas, vem fracassando nesse desiderato.

Para que nos asseguremos do êxito nessa empreitada, tarefeiros e missionários que partem desta e de outras Colônias de hierarquia similar levarão às nações cansadas das lutas fratricidas, ideias de renovação e ânimo.

A arte e a ciência ganharão impulso significativo pelas ações dos vossos esforços e de outros tantos servos de Jesus.

A resistência espiritual e a fibra moral, hauridas na fé e no otimismo, na oração e no trabalho que vocês pregarão e exemplificarão nas assembleias dos campos de batalha, abrirá campo fértil para a semeadura das ideias renovadoras que o Consolador significa.

O Consolador ensinará coisas novas e recordará as máximas do Evangelho de Jesus que jazem soterradas pelo entulho da ignorância e da má-fé.

O Espírito de Verdade, que o mundo não conhece, descortinará a realidade de todos os mundos.

O mundo material, o mundo espiritual, o mundo moral e o mundo consciencial serão revelados aos que tenham olhos de ver.

Os Espíritos do Senhor, que são como as Estrelas do Céu, derramarão luz à humanidade perplexa.

As causas primárias tendo em Deus o ponto de partida de tudo o que existe; os atributos e as provas da existência de Nosso Pai Celeste; os elementos gerais que constituem o Universo sem fim.

A formação dos mundos e dos seres vivos, o povoamento da Terra e a diversidade das raças humanas; as humanidades que habitam os espaços em mundos pelas galáxias incontáveis, todos cantando a glória de Deus.

Os seres da criação. Os orgânicos e os inorgânicos.

Os mistérios da vida e da morte. A inteligência e o instinto, forças mantenedoras da vida e provedoras do mundo moral.

A origem e a natureza dos Espíritos e a revelação das razões pelas quais a evolução se dá pela integração do princípio material e do princípio espiritual.

Os objetivos da encarnação nos mundos materiais. A justiça de Deus se manifestando pelas possibilidades infinitas de reajuste através das vidas sucessivas, as reencarnações.

Os reinos da natureza desvendados de maneira que o homem não possa jamais alegar ignorância sobre a sua responsabilidade no equilíbrio das forças mantenedoras da Vida.

O mundo moral e as leis que regem o Ser Desperto para os ideais de nobreza.

Os homens finalmente estarão aptos a compreender, em profundidade, os conceitos de liberdade, igualdade e fraternidade.

O trabalho, o progresso, a ordem.

Os deveres para com a sociedade, a conservação e a destruição como leis que determinam que tudo em a natureza nasce, morre, renasce e se transforma, atendendo aos ciclos da evolução que a todos alcança, pela força mesma das coisas.

A Lei de justiça, amor e caridade, síntese das leis eternas de nosso Pai. Dever, direito, misericórdia, compaixão, piedade, caridade, deixarão de ser meros verbetes estéreis em dicionários empoeirados para finalmente serem reconhecidos como conceitos de renovação para toda a Terra.

Benevolência, indulgência e perdão. Máximas que as crianças entenderão e praticarão nas escolas do porvir.

A caridade será o estandarte do combatente da Boa Nova no futuro. Sob essa bandeira, milhares de Cristãos se reunirão em um só coração, um só hino de louvor ao Deus de Amor.

As esperanças e as consolações, a felicidade e infelicidade finalmente serão conhecidas como colheita doce ou amarga pelo bom ou mal uso que cada um tenha feito do livre arbítrio na exata proporção do nível consciencial do Ser.

Meus irmãos, eis a nossa tarefa. Eis a nossa missão. Mãos à obra; a terra espera. Aremos! Assim nos solicita Jesus.

Trabalhemos juntos e unamos os nossos esforços a fim de que o Senhor, ao chegar, encontre a obra concluída.

E como era do seu feitio, Dimitri sorriu e encerrou a preleção quando todos esperavam que ela ainda continuasse por tempo indeterminado.

Muitos choravam, rogando a Deus e a Jesus que não fracassassem na empresa que os aguardava em tempo próximo.

Pétalas luminosas de cor azul safírico se derramaram no ambiente como Divina resposta ao esforço daqueles seres que se dispunham a servir em nome de Jesus.

O líder daqueles soldados do bem se aproximou de Dimitri e o abraçou em lágrimas copiosas e rogou ao amigo que orasse por ele. Receava por si mesmo. Usaria a força da espada; seria senhor da vida e da morte de milhares. Se falhasse, teria colocado em risco a implantação do Consolador; fardo que então lhe pesaria nos ombros pelos Evos à frente.

Cibele e Massália, como os demais, tinham dificuldade para conter a emoção e aguardaram em silêncio o momento de abraçar Dimitri.

Em seguida rumaram até o Portal de transferência.

Chegada a hora de seguir para a sede da Colônia, Massália abraçou demoradamente a filha, ambas ainda sob os influxos daquela preleção.

Cibele desejosa de pacificar o coração da mãezinha garantiu-lhe, enfaticamente, que não se apartaria de Adamastor. Faria o que tivesse ao seu alcance para diminuir-lhe a solidão.

Assim é o Amor.

Assim permanece Deus olhando por cada um de nós seus filhos e integrantes da Criação.

Das partículas infinitesimais, às ondas, aos átomos, aos Arcanjos Celestes, todos nós recebemos de Nosso Pai atenção direta e especial.

DEVER E CARIDADE

Dever é razão; caridade emoção.

Dever é obediência; caridade imanência.

Dever é reflexão; caridade intuição.

Dever é ciência; caridade consciência.

Na Obra da Regeneração da Terra,

faze o BEM na medida honesta das tuas forças.

Se por dever ou caridade não importa.

Deus sabe.

TIMÓTEO

Que é a alma no intervalo das encarnações?
"Espírito errante, que aspira novo destino, que espera."
a) – Quanto podem durar esses intervalos?
"Desde algumas horas até alguns milhares de séculos. Propriamente falando, não há extremo limite estabelecido para o estado de erraticidade, que pode prolongar-se muitíssimo, mas que nunca é perpétuo. Cedo ou tarde, o Espírito terá que volver a uma existência apropriada a purificá-lo das máculas de suas existências precedentes.[48]

Massália e Davino com as formas modificadas adentram uma região de aparência desértica.

As habitações extremamente precárias e rudes abrigavam pessoas que se protegiam das intempéries em pequenos espaços, verdadeiros cubículos feitos de madeira tosca e velha.

No interior desses cubículos, rudimentos de artefatos para o conforto possível.

---

[48] O Livro dos Espíritos. Allan Kardec. Editora FEB. Questão 224.

Bancos de madeira bruta, empoeirados, serviam para tudo. Nas horas da vigília, aqueles homens ociosos os arrastavam para fora e os utilizavam para entabular conversas ruidosas e fúteis. Quando cansados de não fazer nada, os arrastavam para dentro e os utilizavam para o repouso.

Utensílios que pareciam jamais terem sido higienizados se espalhavam na paisagem melancólica cuja poeira, em suspensão no ar sem nenhum movimento, refletia os raios de um sol vermelho e rigoroso, aumentando a aparência álacre de tudo.

Era um bairro estranho, em uma cidade estranha.

De quando a quando se ouvia o esgar de um pássaro que rompia a monotonia do ambiente com voos rasantes em busca de alimento para um estômago acostumado a ingerir o que estivesse ao alcance.

Timóteo arrastara seu banco para sob o que se poderia chamar de uma árvore raquítica e triste, e se quedava pensativo.

Estava cansado de tudo aquilo. Queria dormir e não conseguia. Não mais se lembrava da última vez que descansou o mínimo que fosse.

Pensava no encontro do dia anterior com o grupo de religiosos que dominavam a região e sentia profundo enfado.

No centro daquela comunidade estranha ficava o que se poderia chamar de um Monastério mal localizado, já que não possuía nenhuma privacidade. Uma comprida edificação avarandada, de madeira velha, com bancos também de madeira, espalhados por todos os cantos.

Era uma ordem que ostentava sotainas[49] azuis e peregrineta[50] branca, na cintura usavam uma faixa de cetim azul escuro, quase preto.

Esses religiosos completavam o aparato de suas vestimentas com largos capelos brancos que se assemelhavam a pequenos telhados das residências orientais.

As cores e as formas das vestes talares daquele grupo, ou ordem, não se assemelhavam a nenhum dos conhecidos na Terra.

Esses religiosos permaneciam a maior parte do tempo nas varandas, sentados nos bancos que ali também serviam para tudo.

Dentro do Monastério havia mesas toscas sobre as quais exemplares de livros religiosos e da bíblia que eram lidos em espaços de tempo mais ou menos determinados.

De quando a quando, os religiosos saiam em procissão pelas ruas empoeiradas cantando e gesticulando rituais próprios.

Nesses eventos, era comum que alguns habitantes com suas roupas surradas se juntassem a eles compondo o que mais parecia um cortejo fúnebre do que propriamente um ritual religioso.

Aqueles religiosos, na verdade, eram antigos clérigos de Mosteiros Dominicanos que haviam realizado voto de pobreza apesar de não compreenderem o significado real do compromisso.

---

[49] Batina; roupa eclesiástica. Normalmente a cor é preta ou branca. Neste caso era azul.
[50] Capa curta, espécie de mini manto, aberta na frente. Parte das vestes eclesiásticas.

Participaram ativamente das perseguições aos Albigenses ou Cátaros, instigados pela mão pesada de Inocêncio III. Receberam honrarias e pagamentos vultosos por suas delações e atos de espionagem.

Surpreendidos pela morte que a ninguém poupa, foram atraídos para essa região inóspita onde julgavam continuar servindo ao Papado. O tempo era algo em que não pensavam. Os dias se desenrolavam sempre idênticos. Nada mudava, a não ser quando convocados para alguma missão, as quais cumpriam sempre com habilidade e competência.

As condições desconfortáveis a olhos sensíveis eram, para eles, prazerosas. Supunham habitar um Mosteiro suntuoso, em um castelo adaptado e cedido pela magnanimidade papal. Também se consideravam membros de um grupo seleto e influente.

Esses religiosos, na verdade, assim como outros grupos similares, permaneciam em contínuo processo hipnótico sob o comando habilidoso de Timóteo que os usava para atender a seus objetivos de vingança e terror.

Para eles, Timóteo era um assalariado do "castelo" que, desde *sempre,* tinha por tarefa transitar entre os demais Monastérios de ideias afins levando e trazendo informações importantes.

Timóteo estimulava neles o orgulho e a vaidade, fazendo-os acreditarem-se possuidores de grande sabedoria e entendimento privilegiado sobre o Evangelho de Jesus.

Entretanto, eram manietados pelos poderes de Timóteo que, vitimado nas perseguições do século XIII, não soubera perdoar.

Após a desencarnação, degenerou os sentimentos nas faixas sombrias do ódio e passou a liderar um grupo de almas mais ignorantes que más.

Assenhoreou-se dos ambientes para os quais gravitaram os religiosos incursos na Lei na condição de culpados.

Aproximou-se de cada um dos grupos e passou lentamente ao processo hipnótico que os foi subjugando

Mantinha-os desde séculos sob seu completo domínio.

Os *monges* viviam um mundo criado pelas suas mentes adoecidas. As vestes talares que supunham envergar eram bem diversas das que portavam.

As roupas haviam sido desenhadas por Timóteo e seus correligionários que se divertiam com a imagem que os antigos dominicanos perseguidores faziam de si mesmos.

Os *monges* eram usados nas várias empreitadas de vingança. Timóteo *vendia* vingança a quem dela quisesse fazer uso.

No final do século XVI, Timóteo ganhou importante aliada: Cibele, que com ele dividiu por mais de cem anos o poder sobre aquelas mentes adoecidas.

Há mais de meio século, entretanto, Cibele desaparecera como que por encanto. Nunca mais conseguira manter qualquer tipo de comunicação com ela.

Com certeza, fora subtraída daquela região por magos ainda mais poderosos do que ele. Era a explicação que lhe vinha à mente.

Precisava ficar mais atento. Seus domínios estavam ameaçados.

Cada vez que visitava um grupo, percebia que o número deles diminuíra e nenhum parecia perceber o ocorrido.

Quando perguntava o que havia acontecido com tal ou qual *monge*, os que restavam respondiam palavras vagas, desconexas, vindas das suas mentes já enfraquecidas e incapacitadas de elaborar um raciocínio completo.

Timóteo sabia que haviam sido subtraídos por poderes superiores ao dele. Quem seriam esses *novos magos*?

Esses eram os pensamentos que acorriam à mente opressa de Timóteo.

Ele sentia que precisava de vigor para iniciar mais uma batalha, mas sentia-se profundamente entediado e cansado.

Cada vez que a comunidade sobre a qual ele exercia seu fascínio diminuía, Timóteo percebia, surpreso de si mesmo, que sentia certo alívio. Já não aguentava mais o peso que tudo aquilo lhe causava.

A convivência com aqueles seres já dementes era quase insuportável.

Queria descansar. Só isso. Mas não conseguia nem mesmo fechar os olhos há mais de uma eternidade. Com as mãos entrelaçadas na nuca, sustentando a cabeça, pensava em si mesmo e no enfado que estava sentindo.

Timóteo ouviu um ruído nas folhas secas daquela árvore mirrada.

Deitado sobre o banco com a cabeça voltada para cima procurou ver o responsável pelo barulho.

Uma espécie de borboleta achegou-se próxima do seu rosto. Muito próxima.

Timóteo arregalou os olhos claros quando um jato de pó luminoso foi expelido pelo Ser alado, atingindo-lhe a face nórdica coberta de lindas sardas, os cabelos ruivos, adentrando por todos os seus poros e orifícios.

Ardor insuportável não o impediu de gritar: *mãe!*

Sob o efeito daquela nuvem dourada, Timóteo perdeu lentamente a consciência sob o olhar vigilante do grande Amor da sua vida: a **mãe adorada** que ele procurava há séculos sem conseguir encontrar. O rosto que lhe trazia paz foi a sua última visão antes de quedar inerte.

Já com o jovem nos braços, Massália se volta para Davino que aguardava silencioso e diz: *Retornemos à Colônia. Desta vez, nossos esforços foram coroados de êxitos. Deus seja louvado!*

E, abraçando o filho querido, como precioso tesouro do seu coração, Massália envidou o caminho que os levava de volta à Colônia de Héstia.

Um leito alvo aguardava Timóteo que foi acomodado por Massália. Ela não se cansava de olhar para aquele rosto em sono profundo.

Cibele compunha o numeroso grupo de amigos e irmãos que vieram participar daquele momento de grande alegria.

Foi ela a primeira a se aproximar do leito, debruçar-se sobre o jovem adormecido e chorar copiosamente. Suas lágrimas molharam o rosto do irmão que retornava ao lar.

Passados os minutos em que todos puderem rever e saudar o irmão e amigo recém-chegado, Massália reuniu-se com os filhos e amigos em ambiente da estância de socorro a fim de conversarem sobre o futuro próximo.

O grupo estava eufórico com a chegada de Timóteo e queriam saber o que estava reservado em termos de terapêutica para ele. Assim eram eles. Quando se reuniam queriam falar todos ao mesmo tempo. O amor é assim!

Massália informou que o filho necessitaria mergulhar num corpo de carne a fim de que fizesse uma quebra de estado das vivências intensas dos últimos séculos.

Ele seguiria com Amália e Tibério para um tempo de refazimento dos tecidos do períspirito e acalmar, quanto possível, sua mente em desalinho.

Após esse período que seria de repouso para sua alma atribulada, Timóteo retornaria à estância, ainda em corpo infantil, para crescer e progredir sob os cuidados especiais que demandaria por largo tempo.

Massália se dizia otimista. Sei que estaremos todos juntos sob as hostes do Consolador, servindo e amando em nome de Jesus.

Os numerosos irmãos de Timóteo bateram palmas felizes. Amavam-se, e cada um com a sua idiossincrasia, aguardava os tempos do futuro para a redenção final.

Massália, ao final, conclamou-os a orar:

Jesus, Senhor. Amigo incondicional das nossas almas.

Aqui nos encontramos reunidos em família e em Vosso Nome, Mestre.

Fazemos esta pausa para falar Convosco, os Cristãos que fracassamos incontáveis vezes na Vossa Vinha, que já dormimos em tempos idos, em postos de socorro da misericórdia Divina.

Desejosos Senhor de resgatar os imensos débitos que nos algemam ao passado dos erros, frutos da negligência, da imprudência e da indiferença culposa para com as Leis que regem o Universo.

Séculos de insensatez nos pressionam os passos vacilantes para que avancemos aos patamares que já deveríamos ter galgado de longa data.

Rogamos bênçãos para os propósitos de seguir as Vossas pegadas.

No inexorável momento de nos virmos defrontados pelos camartelos das expiações que nos aguardam, que a Vossa Misericórdia desça sobre nós, asserenando os nossos corações e conferindo lucidez às nossas mentes a fim de prosseguirmos, intimoratos, para o uso do livre arbítrio nas obras do bem.

No dia de hoje, estamos certos do que nos cabe fazer, e mais conscientes da própria fraqueza e intemperança. Mantenha, Jesus, a Vossa mão socorredora a nós outros, esses seus irmãos que permanecemos na retaguarda aguardando a oportunidade bendita da reencarnação.

Obrigada Senhor pelo resgate do filho bem amado, Timóteo, o elo que faltava na recomposição deste colar de pérolas que nos presenteastes e que chamamos família.

Nossa ventura no dia de hoje é aquela do pai extremoso que corre abraçar o filho pródigo de retorno ao regaço.

Possamos nós, Senhor, além de reparar nossos erros, trabalhar na Vossa Vinha na culminância de Servos Fiéis.

Sê conosco, Jesus! Hoje, agora e sempre. Graças a Deus!

O BEM REINARÁ NA TERRA

Poderá jamais implantar-se na Terra o reinado do bem?

O bem reinará na Terra quando, entre os Espíritos que a vêm habitar, os bons predominarem, porque então farão que aí reinem o amor e a justiça, fonte do bem e da felicidade.

Por meio do progresso moral e praticando as Leis de Deus é que o homem atrairá para a Terra os bons Espíritos e dela afastará os maus.

Estes, porém, não a deixarão, senão quando daí estejam banidos o orgulho e o egoísmo.

"Predita foi a transformação da Humanidade e vos avizinhais do momento em que se dará, momento cuja chegada apressam todos os homens que auxiliam o progresso.

Essa transformação se verificará por meio da encarnação de Espíritos melhores, que constituirão na Terra uma geração nova.

Então, os Espíritos dos maus, que a morte vai ceifando dia a dia, e todos os que tentem deter a marcha das coisas serão daí excluídos, pois que viriam a ser deslocados entre os homens de bem, cuja felicidade perturbariam.

Irão para mundos novos, menos adiantados, desempenhar missões *penosas,* trabalhando pelo seu próprio adiantamento, ao mesmo tempo que trabalharão pelo de seus irmãos mais atrasados.

Neste banimento de Espíritos da Terra transformada, não percebeis a sublime alegoria do *Paraíso perdido* e, na vinda do homem para a Terra em semelhantes condições, trazendo em si o gérmen de suas paixões e os vestígios da sua inferioridade primitiva, não descobris a não menos sublime alegoria do *pecado original?*

Considerado deste ponto de vista, o pecado original se prende à natureza imperfeita do homem que, assim só é responsável por si mesmo, pelas suas próprias faltas e não pelas de seus pais.

"Todos vós, homens de fé e de boa vontade, trabalhai, portanto, com ânimo e zelo na grande obra da regeneração, que colhereis pelo cêntuplo o grão que houverdes semeado.

Ai dos que fecham os olhos à luz!

Preparam para si mesmos longos séculos de trevas e decepções.

Ai dos que fazem dos bens deste mundo a fonte de todas as suas alegrias!

Terão que sofrer privações muito mais numerosas do que os gozos que desfrutaram!

Ai, sobretudo, dos egoístas! Não acharão quem os ajude a carregar o fardo de suas misérias". São Luis.[51]

Frei Nikolau, Prior Provincial, estava reunido em assembleia com priores e representantes dos frades dos conventos da região, no Mosteiro de Nossa Senhora de Proille[52].

Excepcionalmente, aguardava a presença das representantes das Monjas convertidas da heresia albigense em 1206.

---

[51] O Livro dos Espíritos. Allan Kardec. Editora FEB. Questão 1019.

[52] Prouilhe em occitano. Edifício religioso fundado por São Domingos de Gusmão e Diego de Acebes. Localidade francesa de Prouilhe na região de Languedoc. Considerado berço dos frades dominicanos.

À chegada, inicia a preleção após uma ritualística própria da ordem que liderava naquela região.

— *Agradeço a presença dos frades e monjas que prontamente atenderam ao chamado deste Prior que vos fala.*

Como é do vosso conhecimento, nossa Ordem cuida dos interesses da santa palavra da Igreja, combatendo energicamente as heresias desde os tempos do nosso fundador.

A presença das Monjas convertidas é nosso maior argumento sobre os perigos que rondam mentes fracas e suscetíveis.

Os métodos da fala mansa e pacífica, sem nenhuma hierarquia ou autoridade, falando a língua do povo em qualquer lugar, até mesmo tabernas e praças, vem conseguindo encobrir a realidade da bruxaria que praticam em seus redutos. Enganam os incautos de forma inaceitável.

Fomos destacados para permanecermos fiéis sob o signo da Verdade[53]. O estudo, a reflexão e a pregação da verdade revelada por Jesus Cristo e pela Igreja são a nossa missão.

Nosso Mestre Geral espera que mantenhamos fidelidade à Ordem que é a garantia da continuidade da própria Igreja. O Santo Ofício depende das nossas vozes, dos nossos braços, e da nossa energia no cumprimento do dever.

Este Mosteiro, berço da nossa Ordem, é o nosso refúgio do mundo das tentações. Aqui fazemos as investigações, os interrogatórios e as ações mais importantes que nos são solicitadas.

Como todos temos conhecimento, Montsègur não garantiu o extermínio dos hereges. O mal ainda viceja em outros redutos.

---

[53] Veritas em latim.

Frei Nykolau falava para um grupo de Espíritos desencarnados e completamente perdidos no tempo. Estavam fixados mentalmente nos anos que sucederam o extermínio dos considerados hereges Albigenses[54] .

O Frei que dirigia a reunião havia gravitado para o Mosteiro após a desencarnação, ali encontrando outros grupos de religiosos fanáticos com os mesmos ideais.

Sem qualquer conhecimento da existência do mundo espiritual, os religiosos passaram a viver uma realidade alternativa repleta de formas e *vitalidades* que seus próprios pensamentos criavam e alimentavam.

Nykolau julgava haver galgado o cargo de Prior de Província da Ordem Dominicana e que tinha sob sua direção os frades e monjas da região.

O grupo de mulheres que seguiam as suas determinações eram antigas monjas – mulheres cátaras reconvertidas - outras que professavam os dogmas católicos e se consideravam *salvas pela fé*.

Passavam os dias em estudos, cantos, reflexões e pregações naquele Mosteiro, e julgavam habitar, ainda, um corpo de carne.

Sem que se dessem conta, eram marionetes nas mãos dos líderes das sombras que viabilizavam as encarnações desses Espíritos mantendo o controle sobre as suas mentes para influenciar as comunidades onde iriam habitar.

---

[54] Ou Cátaros. A culminância das perseguições aconteceu no Castelo de Montsègur no ano de 1244, mas ainda subsistiu um reduto até 1256, o *Castèl de Queribús* na comuna de Cucugnan na região do Languedoc - Roussilon.

Encarnavam e desencarnavam sob os mesmos influxos e comandos mentais, permanecendo estacionários nos acontecimentos mais marcantes; neste caso, a caça aos hereges do *Languedoc*.

Massália, sob a liderança de Dimitri, está reunida com a equipe na Casa do Sol, no centro de inteligência e tecnologia, observando a reunião daquelas almas ignorantes e tristes.

Os Espíritos Nobres já haviam informado que, após a vinda do Consolador, grandes lutas se haveriam de travar contra as sombras que conheciam o poder transformador do Evangelho.

Para os Espíritos que se consideram *governadores do mundo,* permitir a volta do Cristo, e deixá-lo revivescer no mundo, era fatal para o domínio que mantinham desde o início do mal na Terra.

Seus planos eram firmes e pragmáticos.

Espíritos arraigados nas ideias dogmáticas da Igreja seriam arrastados para comporem as estratégias de impedir que o Espírito da Verdade implantasse o Reinado do Bem na Terra.

Eugênia está entre eles. Ela lidera numeroso grupo de Espíritos mais ignorantes do que maus. Os mesmos que a serviam passivamente, o seu séquito de seguidores fiéis e instrumentos passivos da sua ambição e vaidade.

Há muito ela gravitara para aquele Mosteiro que, em vida, visitava com frequência e que tanto lhe calava na alma.

Nos últimos tempos da sua encarnação em França, saiu de Marselha e fixou-se no convento, tornando-se monja dominicana.

Os últimos dias da sua existência no corpo ela passou em orações, reflexões, genuflexões e penitências intermináveis.

No momento da morte, recebeu a unção final e seguiu ao Paraíso completamente livre dos pecados.

Em realidade, permanecera ali mesmo. Sem jamais dar-se conta da verdade que dizia conhecer e sobre a qual pregava sempre em altos brados, o que conferia foros de certeza aos ouvidos simples dos fiéis sem cultura.

Entre as estratégias do Governo do Mundo, estava a de reunir e dotar esses Espíritos de conhecimentos importantes partindo, porém, de premissas falsas.

Sem que eles mesmos suspeitassem, comporiam as hostes dos trabalhadores da Boa Nova, mas estariam encharcados de ideias falsas, sobre si mesmos.

 A vaidade e o orgulho, a arrogância e a prepotência, marcas indeléveis dessas almas que demandariam tempo considerável para vencerem o cipoal no qual se enredaram, continuariam alimentadas por comandos hipnóticos que os manteriam fascinados a respeito das próprias virtudes.

No tempo da regeneração, essas almas provavelmente estarão contadas entre aquelas que trariam ideias estranhas para a Doutrina ainda nascente, sempre envelopadas no argumento da revelação de mais alto, com assinaturas dos Pioneiros mais considerados. Apenas não aceitarão o crivo da análise séria e desprovida da paixão dos menos avisados.

Dimitri fala aos seus companheiros que, na época do Consolador, as torturas físicas estarão banidas do Planeta em quase todas as nações.

Mas, o risco agora era o de pequenas fissuras que as ideias falsas poderão fazer nas mentes mais desavisadas e ingênuas.

As falsas revelações e inovações interpretativas do Consolador poderão comprometer o avanço na difusão do Evangelho Redivivo na sua originalidade.

É bem verdade que os Espíritos comprometidos com o Cristo de Deus trarão subsídios ao corpo sólido do Consolador, que por si mesmo é inabalável.

Centenas de obras serão escritas para explicar em profundidade os conteúdos da Doutrina do Evangelho Redivivo.

Técnicas de escrita e leitura ainda desconhecidas marcarão a maioria das obras possibilitando a difusão rápida das ideias.

Textos redigidos em forma de mensagens breves e profundas serão disponibilizados como gotas de chuva por toda a nação brasileira, levando em conta os fatores da fadiga, do tempo disponível, a noção de compreensão, sobretudo a memorização, darão legibilidade e eficácia ao processo da divulgação. E do Brasil, a Pátria do Evangelho, para o Mundo.

A garantia de que as mensagens e as centenas de obras não serão descaracterizadas, quando transportadas da *fonte original do Bem* para a esfera densa, será a reencarnação de Espíritos Nobres com a missão de serem os medianeiros dos ditados.

Dimitri continuou. *O Consolador terá por bandeira principal a prática da caridade a tal ponto que a sua identidade estará sob a égide da frase:* **Fora da caridade não há salvação.**

Profundamente inspirado, Dimitri passou a discorrer sobre os pilares do Consolador conforme lhe haviam orientado os Espíritos Superiores.

— O Consolador será codificado em um corpo doutrinário como obra dos Espíritos do Senhor, tendo por base princípios claros para constituir um sistema facilmente identificável.

Deus como causa primária de todas as coisas substituindo a ideia antropomórfica do Criador.

A existência e a sobrevivência do Espírito como o princípio inteligente que povoa o universo infinito.

A lei do progresso ou da evolução universal confirmando a sabedoria, a justiça e a perfeição de Deus.

A pluralidade das existências ou reencarnações sucessivas como viabilizadoras e consequentes da lei do progresso.

A pluralidade dos mundos habitados dando significado à própria existência do universo e conferindo ao Ser amplas possibilidades de crescimento nas várias moradas na Casa do Pai.

A liberdade como princípio absoluto demonstrando a graça de Deus para com a sua Criatura.

A responsabilidade pelas próprias escolhas e suas consequências no princípio da lei de causa e efeito.

A comunicabilidade entre os Espíritos encarnados e os Espíritos desencarnados a fim de que jamais o Ser venha a sentir solidão.

Esses princípios básicos para que se comuniquem com todas as áreas do conhecimento já disponível na Terra e não sejam enterrados pelo pensamento sectário, estarão firmados no tripé da ciência, da filosofia e da religião.

Essa Doutrina Consoladora será implantada por Cristãos que já serviram na Vinha de Jesus, a maioria deles os que já fracassamos nas empreitadas a que nos dispusemos.

Serão intitulados "Os Trabalhadores da Última Hora".

Os Obreiros do Senhor serão reconhecidos pelos princípios da verdadeira caridade que eles ensinarão e praticarão - continuou Dimitri[55].

Pelo número de aflitos a que levem consolo; pelo seu amor ao próximo, pela sua abnegação, pelo seu desinteresse pessoal; finalmente, pelo trinfo dos seus princípios, porque Deus quer o triunfo da Sua lei.[56]

Os que seguem a lei de Deus, esses são os escolhidos e Ele lhes dará a vitória; mas Ele destruirá aqueles que falseiam o espírito dessa lei e fazem dela degrau para contentar a sua vaidade e a sua ambição.[57]

Dimitri informa aos companheiros de que os Espíritos sombrios conheciam intelectualmente todo esse planejamento.

Com base nisso, estabeleceram, eles, as estratégias para impedir o avanço da *Boa Nova* renascente.

Utilizarão dos Espíritos endurecidos nas ideias dogmáticas e nas leviandades. Esses terão lugar de destaque nos planos das sombras.

Adotarão pelo menos três pontos fundamentais para confundir os incautos.

O primeiro movimento seria impedir que as obras ditadas de mais alto fossem escritas.

Em caso de insucesso, impedir sua difusão.

Em caso de insucesso, que fossem mal interpretadas.

Se nada disso for alcançado, eles iniciarão a segunda etapa do plano audacioso.

Induzirão espíritos levianos a ditarem obras ralas de conteúdo, por médiuns imprudentes, com o fim de elevar exponencialmente a quantidade desses escritos.

---

[55] O Evangelho Segundo do Espiritismo. Allan Kardec. Capítulo XX, 5.

[56] __ idem.

[57] __ idem.

Romances recheados de futilidades e relacionamentos estabelecidos em níveis de sexualidade primária; conceitos equivocados revestidos de palavreado sofisticado.

Livros desse teor se espalharão com rapidez tal que seriam fonte de riqueza de quantos se dispusessem a escrevê-los ou editá-los.

Por serem de fácil leitura, servirão para acomodar as consciências que supunham estudar e aprender quando, em verdade, somente devastavam o próprio tempo.

Esses livros terão por objetivo afogar no mar da inutilidade as obras sérias que ficarão esquecidas e empoeiradas nas estantes e bibliotecas dos estudantes distraídos.

Serão difundidas ideias absurdas tais que as obras sérias eram *difíceis de ler,* que eram cansativas e que não atingem o público menos afeito à leitura.

Este silogismo que parte de uma premissa falsa – um sofisma – atingirá com facilidade as mentes frágeis.

As obras sérias *não vendem.* Outro sofisma.

Não era só.

Aliado a isso, estimularão a criação de editoras profanas que enriquecerão da noite para o dia.

Trabalharão ferozmente para banalizar a comunicação do mundo espiritual com o mundo físico – a mediunidade.

A tal ponto investirão nesse processo que qualquer obra chancelada com a origem no mundo espiritual será acolhida sem nenhum embargo de análise crítica.

Esse mar de obras ralas disponíveis impedirá que as ideias realmente libertadoras cheguem à maioria das mentes que delas necessitam.

Alimentarão as almas com recursos vazios e ocos, e o maná que as tornaria fortes e inquebrantáveis, permanecerá perdido em algum lugar.

Mas não era só isso.

Ao mesmo tempo em que difundiriam obras singelas e fúteis, espalharão entre os adeptos do conforto e do menor esforço um entendimento da caridade completamente divorciado da orientação de Jesus.

Porque a caridade é a essência da Boa Nova. Preciso será desgastar o entendimento a fim de que ela deixe de ser a prática, a experiência mais impressionante do Amor, para se transformar num conceito abstrato.

Espalhar o primeiro equívoco e dividir a caridade em duas partes distintas, quando são inseparáveis.

Então a *caridade moral* se distingue da *caridade material* sendo que a caridade moral é prioridade para o Espírito que deseja iluminar-se. A caridade material ficaria para as práticas das pessoas *simples,* de intelecto limitado.

Os demais, a elite pensante deveria guardar-se em reflexões infindáveis na busca do autoconhecimento que não chegará nunca porque o caminho não é esse.

Reflexões, adorações, e as mãos vazias de dádivas para oferecer a quem quer que seja. O mesmo equívoco da Igreja Romana.

A lei de causa e efeito deveria ser levada à interpretação mais dura que se pudesse dela fazer: *o sofredor está cumprindo seu carma*. A pobreza seria naturalizada; e como no entendimento dos últimos dois mil anos o pobre ganha o céu pelo sacrifício.

O rico ganha o céu minorando a vida do pobre sempre que as circunstâncias, o acaso e a boa vontade contribuam.

Então, desconsiderando o que verdadeiramente a Boa Nova Rediviva traz como sendo as duas faces da uma só moeda – a caridade material e a caridade moral – usurparão os conceitos, vilipendiando-os.

A *caridade moral* seria, então, a expressão do ser iluminado que, depois de iluminar-se, estaria em condições de melhor acolher o próximo com seu sorriso, sua palavra, seu afeto.

Mas isso se realizaria **após** o processo de autoiluminação.

Até lá, o tempo da encarnação seria gasto em intermináveis estudos e faustosos encontros, congressos, viagens sem fim.

Enquanto isso, os Filhos do Calvário permaneceriam aguardando: circunstâncias, acaso, boa vontade.

Plano perfeito que demandaria as mentes arraigadas nos dogmas milenares da Igreja.

Essas eram as análises que Dimitri e sua equipe realizavam, a fim de melhor entenderem os processos sombrios que, muito provavelmente, tentariam frustrar a implantação do Reino do Bem na Terra.

Raciocinavam que o Consolador, para ganhar estabilidade, precisaria se espalhar em pequenos núcleos de cristãos, que teriam por divisa o amor recíproco, nascido da convivência fraterna.

Os pequenos núcleos de verdadeiros irmãos que se conheceriam pelo nome, pelas histórias de vida que compartilhariam, e pelo trabalho que realizariam juntos no Bem.

Repetiriam a experiência dos apóstolos primitivos que, ao final do dia em que puderam atender aos Filhos do Calvário, estariam em torno de uma mesa, de uma fogueira acesa com entusiasmo ou em torno de um fogão singelo, para cearem juntos e recordarem os exemplos de Jesus.

A liberdade dos núcleos era fundamental a fim de que o processo de hierarquização milenar da Igreja não se repetisse, contaminando os grupos com os mesmos anseios de poder, sendo preferível que cada lar se transformasse em um ninho de amor onde Jesus pudesse ser encontrado em cada espaço.

Garantir a expressão dos espíritos através da prática da mediunidade sem amarras a fim de que a realidade do mundo espiritual ficasse cada dia mais visível e acessível.

Compreender os mecanismos dos processos de relação que se estabelecem entre todos os Seres da Natureza, partindo das estruturas do corpo físico como veículo que possibilita a comunicação entre os vários planos e dimensões nos quais o Espírito se expressa.

Falar de Jesus às crianças já nos primeiros dias da sua expressão na carne, possibilitando que a semente do bem encontre no terreno virgem, o espaço para germinar e florescer.

Garantir espaço aos moços para protagonizarem com Jesus. A experiência pessoal no trabalho realizador do bem para todos é a melhor forma de compreender o Evangelho.

A esta altura das profundas reflexões que faziam juntos, Massália finalizou:

— *Meus irmãos, que Deus nos permita, durante a permanência na esfera densa, manter a mente desperta para o método da experiência pessoal que Jesus usou para nos permitir acessar o conhecimento. Porque jamais acessaremos o que é o amor por conceitos filosóficos ou científicos.*

A via que leva à compreensão do Amor é subproduto das experiências que realizamos no Bem.

A vida de relação baseada na disciplina e no respeito a todos os reinos da natureza permite ao Ser interagir com a própria essência; o Si Absoluto que deseja manifestar-se no **eu** *relativo para traçar as diretrizes de segurança nas empreitadas realizadoras.*

Aprender a amar é a ciência da Vida. A completude da fenomenologia relacional exige um status *de comportamento inerente àquilo que a espécie humana deve alcançar que é o* **amor incondicional.**

Amar os que nos amam e concordam conosco é esperado. Um Ser do mundo sub-humano faz isso. Amar aos que não nos amam e não concordam conosco é uma atribuição da trajetória evolutiva de cada um.

Por isso, amar. Amar através da compreensão, de uma palavra amiga, do perdão. Atitudes de valor são espelhos que captam as emanações Divinas e as refletem em obras e realizações do Bem.

No Mundo Melhor, que será construído após a Grande Transição, estamos convidados para estruturar uma nova ciência; a que pesquisa o Amor. A ciência da paz; para que possamos nos enxergar como servos de Deus; como filhos de Deus.

Não é simplesmente crer ou não crer em Deus.

Admitindo-nos seus filhos, significa que somos **irmãos.**

Assim, a crença em Deus e no seu Amor por nós não diz respeito a um rótulo; fala, sobretudo, das necessidades de fundamentarmos nossas relações nessa condição de irmandade.

Amar, porque só o Amor vale a pena!

As lágrimas silenciosas que corriam das faces daqueles Seres que se amavam com a mais pura expressão da fraternidade foram a prece que elevaram a Deus, nosso Pai de Misericórdia.

Domingos

Nas portas do céu, os anjos nos trazem os lamentos de
Abel.

Fostes Santo na Terra semeando a guerra,

Levantando as mãos, contra teus irmãos.

Tua Memória estéril é mensagem sem luz.

Aquele caminho, não é o de Jesus!

É preciso voltar e recomeçar.

Pregação não é nada se não tem coração.

Domingos,

Onde estão teus irmãos? Onde estão teus irmãos?

EUGÊNIA

A alma, após a morte, conserva a sua individualidade?
"Sim; jamais a perde. Que seria ela, se não a conservasse?
a) Como comprova a alma a sua individualidade, uma vez que não tem mais corpo material?
"Continua a ter um fluído que lhe é próprio, haurido na atmosfera do seu planeta, e que guarda a aparência de sua última encarnação: seu períspirito."
b) A alma nada leva consigo deste mundo?
"Nada, a não ser a lembrança e o desejo de ir para um mundo melhor, lembrança cheia de doçura ou de amargor, conforme o uso que ela fez da vida. Quanto mais pura for, melhor compreenderá a futilidade do que deixa na Terra.[58]

A Senhora está exangue no chão.

Pedaços de garrafas quebradas, copos e taças de cristal espatifadas, compunham a cena dantesca.

---

[58] O Livro dos Espíritos. Allan Kardec. Editora FEB. Questão 250.

O sangue lhe escorria pelos inúmeros cortes causados pelos cacos que estavam incrustados nos braços, pernas, rosto e outras partes do corpo.

Colina, a serva sempre fiel, acorre em desespero, enquanto ouve os impropérios de Adamastor que se afasta sem se preocupar com o destino da esposa.

Colina assumira a governança da Villa[59] de Eugênia desde que demonstrara competência no cumprimento das ordens que culminaram com o desaparecimento de Nina.

Em minutos, pajens, lacaios, meninos de sala, um séquito de serviçais que Eugênia fazia questão de manter menos por necessidade e mais por ostentação de riqueza, acodem a Senhora em gemidos.

Eugênia permaneceu em estado grave por longo período. Vários ossos quebrados, inclusive a tíbia e fíbula da perna direita. Uma veia importante da perna direita também se rompeu causando hemorragia grave.

Em convalescença vamos encontra-la, já na condição de viúva, em diálogo íntimo com Colina.

—*Vejo que tua mão está manchada e com cicatrizes dos cortes que você levou ao tentar me levantar naquele dia horrível.*

As cicatrizes eu até entendo, mas as manchas   Porque será que tuas mãos estão manchadas desse jeito?

— *Senhora Eugênia, isso aconteceu já faz muito tempo.*

A Senhora que não tinha percebido porque eu passei esconder as mãos das pessoas. Eu não sei direito o que é isso. Já passei tanta coisa.

---

59 Na época romana e na Idade Média, Villa, ou Vila a depender do idioma, tinha a conotação de uma residência campestre ou de um solar, uma residência que se destacava por sua imponência e riqueza. Isso ainda perdura em algumas culturas.

Comecei a ter umas "nascidas"[60] nas mãos.

Eu quebrei sem querer um daqueles frascos de preparado que a Senhora me mandou servir em gotas para aquela "herege" e para a mãe dela.

O líquido derramou na minha mão e uns dias depois eu comecei a ter uma coceira horrível. Quando melhorei das coceiras e das feridas, ficaram essas manchas escuras.

—Ah! Minha filha! Aquela "herege" deixou muitas marcas em nós. Meu ódio por ela só aumenta.

Nas minhas confissões com o Prior da "Santa Maria Mejor" ele sempre louva a forma que defendi meu casamento e a própria Igreja Romana da "peste Cátara" que teima em querer renascer para destruir os valores da única religião representante de Deus na Terra.

Com essa minha enfermidade, ele tem vindo na "Villa", o que muito me alegra. Não suporto chegar próxima do Porto Velho onde a "herege" mantinha seus domínios. Infelizmente nossa Catedral encontra-se ali, bem no início desse Porto nojento.

Venho pensando minha querida Colina, que poderíamos visitar outras Igrejas aqui em França assim que eu melhore desse acidente que me acometeu.

Você sabe que ninguém, ninguém mesmo, pode sequer suspeitar que Adamastor tenha sido o causador dessa minha queda.

Para todos os efeitos éramos o casal religioso e sem divergência ou mácula. Nós duas sabemos que ele foi enfeitiçado pela bruxaria daquela "herege".

Com a morte dele eu herdei todo o patrimônio uma vez que nosso <u>único filho pereceu ainda na infância</u>.

---

[60] Forma popular como as pessoas mais simples se referiam a processos inflamatórios, infecciosos ou mesmo alergias na pele.

Sou mais rica do que nunca agora e podemos, nós duas, viajar para onde bem entendermos. Você sempre me foi fiel e eu sei recompensar os que me servem.

Filipa eu paguei em moedas de ouro, mas temo que ela venha me chantagear. Isso é combina muito com ela. Então são várias as razões porque penso em sairmos de Marselha.

Joana não me preocupa. Assim que pode voltou a Portugal e deve estar por lá gastando sabe-se lá como a fortuna que recebeu.

O dinheiro que Adamastor entregou à mãe daquela "sem nome", fiz questão que ficasse contigo porque precisamos sempre de reservas. O futuro é sempre uma incógnita.

Colina ouvia a Senhora completamente embevecida. Amava-a e a serviria até a própria morte. Jamais a abandonaria. Estava com ela desde tenra idade. Ambas possuíam quase a mesma idade e ela era sua pajem.

Mais de dois anos se passaram desse diálogo quando finalmente Eugênia recuperou parte dos movimentos e a saúde lhe permitiu iniciar suas visitas às Igrejas de França.

Colina acompanhou a sua Senhora nas viagens inúmeras até que finalmente Eugênia optou por se fixar na localidade francesa de Prouilhe, na região do Languedoc-Rossilhão.

Instalaram-se no lugarejo passaram a frequentar o Mosteiro de Nossa Senhora de Prouille, ou Prouilhe em languedoc. Como sempre muito rapidamente Eugênia se tornou a devota requisitada por seus conhecimentos intelectuais, sua oratória que impressionava. Fosse homem e seria excelente monge pregador.

Colina acompanhava a Senhora que a cada dia se tornava mais apaixonada pela letra da Bíblia, quase sempre rodeada de monjas e frades liderando-os com sua palavra forte.

Era comum Eugênia iniciar a pregação e aos poucos se ver tomada por forças invisíveis que a levavam a elevar o tom da voz a alturas quase viris. Isso impressionava os ouvintes. E ela foi se condicionando a essas crises histriônicas em nome da pregação.

Isso também impressionava a alma frágil de Colina.

Nos tempos longínquos, quando Eugênia se casou Colina a acompanhou para continuar a servi-la.

Como era comum acontecer, e ainda é até hoje, Colina sofreu admoestações em sua intimidade por hóspedes sem nenhum caráter que visitavam a família, por parentes que periodicamente se instalavam no Solar, e mesmos outros próximos cuja reserva moral não descia até o andar inferior onde os serviçais se amontoavam em quartos minúsculos, sem privacidade e nenhuma segurança.

Colina engravidou mais de uma vez e sempre quem *"resolvia"* o seu problema era a Senhora.

Podemos entender que a vida de Colina foi de imenso sofrimento. Mais vítima das circunstâncias que propriamente algoz da pobre Massália, olhava para as manchas e com frequência lhe vinha à cabeça que aquelas marcas seria o sangue da "herege" em suas mãos.

Mas aliviava a culpa nas confissões e comprando as indulgências.

E era sempre a Senhora Eugênia que usando da influência junto aos representantes de Deus na Terra e lhe adquiria o perdão divino. Com isso garantia o seu futuro no céu. Colina sentia-se eterna devedora da Senhora.

Todos esses conflitos foram minando a saúde física e emocional de Colina que, após longa enfermidade que a manteve acamada faleceu em meio a grave confusão mental.

Eugênia mudou-se para o Mosteiro com Colina para melhor atendê-la. Com o prolongamento da doença Eugênia decidiu que na condição de viúva poderia se incorporar à vida no Mosteiro.

Com os recursos financeiros que possuía não encontrou nenhuma dificuldade para isso.

E assim, os anos que lhe faltavam Eugênia passou na condição de Monja Dominicana, extremamente inteligente e com inúmeros *dons* para a pregação.

DEUS DE AMOR

Qual o objetivo da encarnação?

"Deus lhes impõe a encarnação com o fim de fazê-los chegar à perfeição. Para uns é expiação; para outros, missão. Mas, para alcançarem essa perfeição, *têm de sofrer todas as vicissitudes da existência corporal:* nisso é que está a expiação. Visa ainda outro fim a encarnação: o de por o Espírito em condições de suportar a parte que lhe toca na obra da criação. Para executá-la é que, em cada mundo, toma o Espírito um instrumento, de harmonia com a matéria essencial desse mundo, a fim de aí cumprir, daquele ponto de vista, as ordens de Deus. É assim que, concorrendo para a obra geral, ele próprio se adianta."

A ação dos seres corpóreos é necessária à marcha do Universo. Deus, porém, na sua sabedoria, quis que nessa mesma ação eles encontrassem um meio de progredir e de se aproximar dele. Deste modo, por uma admirável lei da Providência, tudo se encadeia, tudo é solidário na Natureza. [61]

---

[61] O Livro dos Espíritos. Allan Kardec. Editora FEB. Questão 132.

Damon seguiu Amália, Tibério e Timóteo em uma reencarnação intermediária numa tribo indígena na região amazônica no Brasil.

Amália que deveria retornar à Pátria Espiritual ainda nos primeiros anos da encarnação deu mostras de grande vigor e vontade de servir.

Tibério e Timóteo renasceram concomitantemente a Amália tendo permanecido poucos anos junto aos irmãos silvícolas. Mesmo assim realizaram grande aprendizado que lhes serviriam para todo o sempre.

Considerando que Amália deu sinais de que poderia avançar algo mais, decidiu-se por moratória[62] e também que Damon aproveitaria essa oportunidade e a seguiria na condição de filho. Bernard e Amália lhe seriam os genitores. Isso lhes possibilitou grande refrigério às almas sofridas porém já em processo redentor.

A fim de nos situarmos no tempo e entendermos o contexto da reencarnação, precisamos voltar ao final do século XVII quando o sistema de capitanias na região amazônica estava ruindo.

A Coroa Portuguesa praticamente abandonara o Estado do Maranhão e Grão-Pará.

O sofrimento dos indígenas e a sua exploração impiedosa pelos europeus era desumana.

Em meados dos XVII, Padre Antonio Vieira[63] faz inúmeros sermões nos quais denuncia a situação de forma contundente.

---

[62] Concessão de mais tempo para permanência na Terra do Espírito que venha se desincumbindo satisfatória da sua tarefa e com possibilidades de assumir maiores responsabilidades.

[63] Humanista e defensor dos índios. https://ensina.rtp.pt/artigo/padre-antonio-

"Nenhum desses índios trabalha exceto mediante violência e força."

"O trabalho é excessivo, e muitos morrem todos os anos, já que a fumaça do tabaco é muito venenosa. Eles são tratados com mais rudeza que os escravos, são chamados dos nomes mais feios e ficam ressentidos; sua comida é quase nada; seu pagamento é irrelevante."[64]

As atividades comerciais na Amazônia eram mínimas e o empobrecimento dos poucos colonos brancos encontrou alternativa no trabalho dos índios escravos. Diferentemente de outras capitanias no restante do Brasil, quase não havia escravos negros no Maranhão e Grão Pará.

A economia ainda nascente na Amazônia estava baseada na extração de produtos naturais da majestosa floresta os quais eram fornecidos para a Europa.

Importante ressaltar que a base da economia da Colônia Brasileira, era justamente o comércio de produtos primários para os Europeus.

A extração na floresta Amazônica encontrava destaque no cravo, canela, salsaparrilha, castanhas, cacau, tinturas, fibras, ervas medicinais, peles de felinos, jacarés, lontras, animais vivos.

Aves silvestres como papagaios e araras faziam parte deste comércio.

A gordura do peixe-boi, os ovos de tartaruga constituíam requinte de uma culinária exótica na Europa.

---

vieira-defensor-dos-indios-e-dos-escravos-negros/

[64]Sobre os Sermões do Padre Antonio Vieira e sua temática do tratamento recebido pelos indígenas no Brasil. https://canaldoensino.com.br/blog/os-sermoes-de-padre-antonio-vieira

Também a madeira. Madeiras valiosas chamadas madeiras de lei faziam parte desse contexto de circulação da riqueza.

Mas isso era muito incipiente e sem nenhuma organização que pudesse dar maior efetividade à atividade econômica. A região era extremamente pobre.

Não bastando essa situação de quase miséria generalizada, em 1690 uma epidemia de varíola devastou a força de trabalho indígena. Portugal também enfrentava grave crise econômica e sua preocupação com a Colônia Brasileira era quase nenhuma.

A Região Norte do Brasil, então, pode-se dizer que ficou abandonada.

Isso começa a mudar no final do Século XVII. A partir de 1700 a ordem de Portugal foi iniciar uma segunda fase da colonização com a ocupação e a expansão do território.

Os meios utilizados seriam a mudança da cultura local por meio da catequese e do trabalho agrícola.

Iniciou-se também a construção de um importante sistema de defesa para assegurar o domínio da área, e foram erguidos os chamados "Fortes".

A catequese dos indígenas ficou ao encargo dos missionários religiosos. Expedições ao interior da floresta tinha por objetivo o que eles chamavam "descer" os indígenas e trazê-los até as aldeias.

Os índios então eram divididos para trabalhar nas propriedades rurais de colonos portugueses e nas missões das ordens religiosas para o governo.

Os missionários entendiam por catequizar os índios, o ensino da moral cristã e tirá-los do que consideravam ser uma vida de barbárie.

Integrá-los à sociedade da Colônia e repassar os valores europeus era a função prioritária. Nesses valores estava o trabalho. O índio precisava se tornar um *bom cristão e um trabalhador excelente.*

Essas eram as ordens da Coroa Portuguesa. Converter os índios para o cristianismo e usar o seu trabalho para manter a missão.

Os Jesuítas que por sua energia, instrução e disciplina, possuíam muita influência sobre a Coroa, firmaram grande domínio sobre as populações indígenas.

Eram os padres da Companhia de Jesus – os Jesuítas – proprietários de grandes fazendas de criação de gado, administravam comércio de couros e produtos agrícolas tais como o algodão, o tabaco e o arroz.

No início do século XVIII os Jesuítas já haviam enriquecido com os negócios mantidos com o trabalho indígena.

Os missionários estavam ricos e os colonos portugueses pobres; a mão de obra indígena era limitada para eles.

Inicia-se uma fase de conflitos porque os colonos não acessavam a mão de obra indígena e não tinham recursos para adquirir escravos negros africanos.

A tudo isso se acrescente as dificuldades enormes para lidar com as peculiaridades da região de floresta tropical. Não faltavam insetos, parasitas, o clima quente e o solo baixa fertilidade.

Os Jesuítas por sua vez acusavam os colonos portugueses de maus tratos aos índios mantidos em cativeiro.

Teoricamente os Jesuítas defendiam a liberdade dos índios e repudiavam a escravidão praticada pelos colonos. Teoricamente, dizemos, mas é preciso destacar a presença de Padre Antonio Vieira como já relatamos anteriormente. Ele denuncia, por volta de 1650, os maus tratos que os índios eram sujeitados pelos colonos.

Então, retornando o fio condutor das reencarnações protagonizadas por Bernard e Amália, e coadjuvada por Tibério e Timóteo, para posteriormente receberem Damon, situamo-los neste cenário mais ou menos narrado.

O tempo que passaram junto aos irmãos mais simples e ingênuos contribuiu enormemente para abrandarem, em si mesmos, os padrões da cultura europeia que até hoje impregna nossa civilização.

A visão do feminino daqueles povos semicivilizados, marcaria indelevelmente a mente daquelas almas condicionadas à virilidade como lei quase absoluta.

A solidariedade que as almas ainda na infância espiritual viviam com naturalidade nas experiências primárias que faziam, calavam fundo nos Espíritos dos nossos queridos reencarnados.

Adamastor se mostrou Espírito dócil e disposto em aproveitar o tempo que lhe era concedido para refazimento.

Amália, sua mãezinha indígena, apesar dos costumes tribais, trazia consigo todas as expressões de cuidados da civilização. E amparava o filhinho com devoção extrema. Mas não somente a ele. Estendia seu amor a todos os irmãos da aldeia.

Amália naturalmente liderava as mulheres da tribo, trazendo do seu inconsciente, formas eficazes de serem solucionados os problemas simples daquela comunidade.

Seus dotes de artesã compareciam espontaneamente e estava sempre rodeada das silvícolas que a viam como mãe amorosa.

Os dons mediúnicos de Amália se expandiram, especialmente os dons da cura e ela se tornou a segunda líder espiritual da tribo, embora essa função somente fosse exercida por homens.

Bernard, Amália e o então jovem Adamastor reencarnado naquelas cercanias, trouxeram para aquelas almas, que recém saiam de uma fase de duras lutas pela liberdade do seu povo, um período de grande paz e prosperidade. Aprenderam técnicas melhores de plantar, e colher; a construir ferramentas mais apropriadas para a caça e a pesca e defesa próprias.

Passados os tempos de refazimento para suas almas, e senhores das conquistas que fizeram e dos amigos que passariam a fazer parte das suas vidas para a eternidade, nossos queridos retornaram à Pátria Espiritual.

BELA AZUL

ACHERNAR,

ESTRELA TÃO BELA,

LUZES DE SAFIRA EXPANDEM DE TI!

ÉS O AZUL DE UM RIO NESTE CÉU SEM FIM...

DIZENDO PARA MIM:

"Podes acreditar,

Deus é nosso Pai!

Faze o BEM sem murmurar

E o AMOR resplandecerá!"

MANE

Do fato de pertencer ao Espírito a escolha do gênero de provas que deva sofrer, seguir-se-á que todas as tribulações que experimentamos na vida nós as previmos e buscamos?

"Todas, não, porque não escolhestes e previstes tudo o que vos sucede no mundo, até às mínimas coisas. Escolhestes apenas o gênero das provações. As particularidades correm por conta da posição em que vos achais; são muitas vezes, consequências das vossas próprias ações. Escolhendo, por exemplo, nascer entre malfeitores, sabia o Espírito a que arrastamentos se expunha; ignorava, porém, quais os atos que viria a praticar. Esses atos resultam do exercício da sua vontade, ou do seu livre arbítrio.

Sabe o Espírito que, escolhendo tal caminho, terá que sustentar lutas de determinada espécie; sabe, portanto, de que natureza serão as vicissitudes que se lhe depararão, mas ignora se se verificará este ou aquele êxito.

Os acontecimentos secundários se originam das circunstâncias e da força mesma das coisas.

Previstos só são os fatos principais, os que influem no destino. Se tomares uma estrada cheia de sulcos profundos, sabes que terás de andar cautelosamente, porque há muitas probabilidades de caíres; ignoras, contudo, em que ponto cairás e bem pode suceder que não caias, se fores bastante prudente. Se, ao percorreres uma rua uma telha te cair na cabeça, não creias que estava escrito, segundo vulgarmente se diz.[65]

Quarenta anos aproximadamente se haviam passado da primeira conversa entre Klaus e Damon. E não mais esqueceram um do outro.

Era comum encontrá-los em conversação sobre os dias do porvir.

Damon tinha especial predileção por rever os céus que sua amada fitara pela última vez.

Desde que retornara das lides corporais naquela aldeia singela no extremo norte brasileiro, sempre que podia detinha-se no local onde Nina encerrou sua trajetória no Mundo carnal.

Sentava-se ao entardecer no mesmo barranco em que ela fora precipitada e ficava olhando as estrelas surgirem no firmamento.

Depois descia no local onde seu corpinho repousara e desaparecera pelas injunções do tempo e das circunstâncias.

Deitava-se onde ela teria sido abandonada como a fazer-lhe companhia.

Era comum que as lágrimas lhe chegassem profusamente.

Deixava-se ficar ali horas a fio, entrava em profundas meditações até que adormecesse. Nessas horas encontrava a paz para a alma sofrida.

[65] O Livro dos Espíritos. Allan Kardec. Editora FEB. Questão 259.

Numa dessas tardes, Klaus se aproxima do amigo.

Sem nenhuma surpresa Damon, como se estivesse aguardando a presença do amigo, continua em voz alta o que pensava.

— *Ela me falava das estrelas e parecia tão infantil. Quando eu iria imaginar que ela estava ali para me ensinar a encontrar Deus na sua infinita Criação.*

Um dia ela me falou sobre o amor aos animais. Eu a deixava falar porque gostava do som da sua voz. Mas pensava de mim para comigo que ela ainda precisava amadurecer e ver a vida com um pouco menos de fantasia.

Ela acreditava em seres sobrenaturais, em fadas e gnomos. Falava com eles. Também tinha o seu amigo invisível, Anatólio. Cheguei a sentir ciúmes de Anatólio.

Eu queria que ela me admirasse como homem de negócios, de poder. Mas isso não exercia a mínima influência sobre ela. Sempre que eu tentava dar-lhe algum presente caro ela logo me pedia para transformar aquilo em alimento ou roupa para os Filhos do Calvário. Sabe isso me aborrecia muito. Mas eu procurava fazer-lhe as vontades. Afinal ela pedia tão pouco.

Mas as incursões dela no que eu chamava "submundo" foram tirando o meu sossego. Eu a deseja somente para mim.

Foi quando Antero e eu tivermos a ideia de levá-la e à sua mãe para a casa dele. Ele faria uma viagem a Portugal e elas tomariam conta da propriedade.

A sugestão me agradou. Eu a afastaria do Porto Velho. Teria certeza de que se alimentaria já que raramente a via comer alguma coisa. E também com ela envolvida nas questões domésticas, certamente esqueceria um pouco seus amigos do cais do porto, seus pobres e suas amigas miseráveis.

Esse era eu Klaus. Como ela podia me amar? Eu sempre me pergunto isso. Mas me amava. E o seu amor me trazia uma serenidade que não encontrei mais em lugar algum.

Por mais eu tentasse não prestar atenção nas suas explanações sobre Deus e a Natureza, lembro-me de uma vez quando ela começou a falar como todos os reinos estão interligados. Que éramos imortais e que já tivemos muitas vidas antes. Essa parte me pareceu uma heresia, mas como não era católico fervoroso eu apenas pedi que ela não repetisse isso amiúde porque poderíamos ter problemas com a Igreja. Entretanto ela não parecia se preocupar. Ela realmente não sabia o que significava a palavra medo.

Ah! Klaus. Eu achava que iria ter muitos problemas com aquela Menina.

Quantas vezes eu conclui que aquele romance era uma loucura e que eu devia me afastar. Sentia-me modificando de uma forma que eu não desejava.

Mas quando chegava perto dela, percebia que jamais poderia deixá-la.

No dia que Eugênia chegou inopinadamente na Companhia, eu "me lembrei" que era casado. Imagine você. E fiquei num dilema.

Eugênia era muito importante para a minha vida financeira. Possuía tino comercial. Tudo que ela colocava a mão virava ouro. Uma verdadeira "Midas"[66] E eu gostava de ser rico e de ter poder.

Mas gostava de Nina também. Precisava conciliar as coisas.

Esse era eu. Quando Antero me apresentou uma saída, tirar Nina e sua Mãe de Marselha eu anuí imediatamente.

Ela confiava em mim cegamente. Ambas confiavam.

---

[66] Midas é um personagem da mitologia grega. É baseado num rei: Rei Midas da Frígia – região da moderna Anatólia – Turquia – do século VIII a.C. O principal mito atribuído a Midas é o de transformar em ouro tudo o que tocasse.

Nina. Uma história de amor.

No dia da partida delas para o Porto de Nice eu incialmente nem queria ir me despedir. Depois fui mais por dever de consciência. Entretanto, quando ela me abraçou e lançou sobre minha face os olhos claros e puros, eu senti uma grande dor no meu coração.

Num repente eu tive a sensação de que estava fazendo tudo errado. Algo em meu íntimo me dizia para deter a marcha daqueles acontecimentos. Bastava uma palavra minha, uma decisão firme, e elas ficariam. Quase cedi a esse impulso. Mas o homem viril se apresentou e a personalidade falou mais forte que a essência.

Nina se foi. Acenava alegremente para mim porque me achou entristecido com a sua partida. Com seu jeito único ela falava para que eu acalmar, que logo estaríamos juntos novamente, que seríamos tão felizes.

Entendes Klaus o que uma escolha errada por fazer conosco?

Nina sempre me falava sobre as escolhas. Hoje tudo faz sentido. Na época eu quase não a ouvia. Ela dizia que precisávamos elaborar uma fé viva em Deus para que nossas escolhas fossem acertadas. Eu não conseguia relacionar a fé com as escolhas.

Ela era incansável. "Preste atenção", dizia ela. "A nossa mente é muito poderosa. É necessário todos os dias armá-la – à nossa mente - com ideias e pensamentos voltados ao Bem para todos. Somente assim faremos um escudo protetor contra os erros que não mais podemos colocar à conta da ignorância.

Cada escolha acertada fortalece a fé, que vai gerar uma energia que nos alentará nos momentos graves: essa energia se chama esperança. A fé também é a mãe da disciplina, da perseverança, do otimismo. Tudo isso é necessário para fazermos a vontade de Nosso Pai: realizar o Bem. Tornar o Bem visível nesse mundo de tanto sofrimento. Nossas escolhas acertadas significarão ser indulgente para as imperfeições do nosso próximo, a perdoar as ofensas que nos façam e a amar incondicionalmente a tudo e a todos."

"Lembre-se Damon, o Bem para todos. Qualquer indício de egoísmo e de orgulho pode colocar tudo a perder. Porque esses dois vilões da alma, nos impedem a clareza para enxergar a Criação de Deus. Não conseguiremos sentir Deus em nossos corações se não nos colocarmos humildes diante D'Ele. A humildade Damon. A humildade."

E eu Klaus, refutava: "Ora Nina! Que dizes! Queres que eu me torne humilde depois de tanto trabalhar para ter dinheiro? Quero dar-te o mundo inteiro e você me quer humilde? Um pobre? Não posso entender a tua fala! Venha cá. Esquece tudo isso. Você precisa sim conhecer o mundo no qual eu, o seu Damon, vivo. Porque esse teu mundo é sim muito, muito estranho."

"Ah! Damon! Não me refiro à pobreza de dinheiro. A humildade não é isso que a Igreja te ensinou. A humildade é outra coisa e sem ela nossas escolhas serão equivocadas."

Eu me ria do esforço dela em me fazer entender algo que eu absolutamente não desejava.

Nessas horas eu mudava a direção do assunto ou me fazia aborrecido para que ela parasse de falar.

Quando ela me via aborrecido, buscava recursos em todos os lugares para me ver sorrir. Quantas vezes eu fingia estar irritadiço só para vê-la cantar, e fazer trejeitos.

Esse era eu Klaus. Que tens a me dizer?

Klaus que ouvira silencioso o relato do amigo. Não era a primeira vez. Mas sabia o quanto para ele era importante falar sobre a dor que lhe ia à alma. Acomodou-se ao seu lado com as mãos apoiando a nuca e olhando o céu estrelado, asseverou.

—*Sem dúvida Nina é uma alma especial. De qual estrela tu supões que ela nos ouça neste momento meu irmão?*

Porque o amor que ela te dedica deve ser falado sempre no presente. É imorredouro.

Quantas vezes você me disse que ela falava que a esperança deve ser colocada na linha da eternidade e do infinito? Que nada se perde no infinito e que tudo se resolve na eternidade?

Então? Tenho pra mim que a breve tempo vocês estarão reunidos na Colônia.

Estivestes na carne recentemente justo para dar às recordações menor peso emocional. Mantenhas essa conquista e logo a verás. Tenho certeza.

Amália, Bernard e Tibério estão em completa harmonia se refazendo do tempo tão importante vivido na aldeia amazônica. Vocês quatro superaram todas as expectativas. Tiveram moratórias importantes e contribuíram significativamente para o progresso local. Meu irmão tu fostes muito além de curar as dores mais pungentes da própria alma. Realizastes junto a Bernard e Amália que também se superou, obras transcendentes.

Toma posse de ti mesmo Damon. Oremos meu irmão. Deus é nosso Pai e sempre ouve os filhos que sabem cumprir os deveres com humildade.

Ambos assentaram-se no chão onde estavam deitados e Damon iniciou sentida prece.

"Senhor da Vida aqui está o teu servo rebelde desejoso resgatar os imensos débitos contraídos com as tuas Leis. Sei que minha dívida é quase impagável porque traí o amor que me enviastes para me mostrar o caminho a verdade e a vida."

"Rogo Senhor, que a minha fé não desfaleça. Esse Dom de Vida que eu malbaratei em tempos idos, desejo agora resgatar e cultivar como o Cedro."

"Deus de Misericórdia ampara meus passos vacilantes e se algo puder pedir rogo que minha voz chegue até os ouvidos daquela que me entregastes por tesouro sem preço e que minha indigência malbaratou. Que ela possa Senhor, acessar o meu coração e reconhecer nele a pequena mudança para melhor que já consegui realizar. Que onde esteja ela constate o aprendizado que venho fazendo, um pouco tarde é certo, de todas as lições que o seu amor me ensinou nos pequenos gestos, no sorriso único, e principalmente no Amor por Vós Deus Nosso Pai e por Jesus Nosso Mestre."

Klaus e Damon permaneceram em silêncio por um tempo, abraçaram-se em lágrimas e subiram até o barranco da encosta para contemplarem o mar envolvido pela noite que caíra, mas resplandecente pelas luzes das estrelas que cintilavam no céu azul escuro como diamantes encrustados num veludo divino.

Uma estrela que cintilava parece ter caído das alturas para o mar.

Damon sentiu um frêmito. Klaus sorria. Era Nina que chegava.

Nina estava ali. Os céus responderam. Deus de Misericórdia que só aguarda de cada um de nós um pequeno movimento de boa vontade.

—*Meus amores. Deus seja louvado. Damon, Klaus... Quantas saudades.*

Como é possível descrever uma cena dessas? É pedir demais a uma narradora mergulhada num corpo físico com parcas condições de transformar em palavras o próprio amor se realizando entre as almas cujas afinidades se perdiam no infinito e na eternidade.

Largo tempo depois, quando os três, deitados sobre a relva macia mergulhavam os olhos no firmamento estrelado, Massália falou novamente:

—*Tenho uma surpresa amanhã, mas não vou aguentar. Adivinhem quem virá para o jantar?*

Retomando seu jeito só seu, quase infantil, continuou: "*Adivinhem, adivinhem!*

Ele mesmo! Antero Ferreira! Meus amores, Nosso Deus é de Misericórdia! É tempo de alegria! Vamos cantar e dançar!

Damon havia aprendido o gosto pela dança junto aos amigos indígenas.

Numa reverência àquele tempo tão importante, nossos queridos celebraram o sagrado reverenciando a mitologia dos índios brasileiros.

Naturalmente, por sintonia magnética, se juntaram a eles almas dos Silvícolas amigos fazendo essa conexão de culturas tão importante para a revelação de alguns dos mistérios da "criação".

Amália, Bernard, Tibério e Timóteo se reúnem a eles, Berenice, Cibele, e todos os que compunham aquela família de Amor, comparecem para testemunhar a ventura dos seus amados Damon e Massália.

A figura feminina como centro criador para a cultura indígena,[67] foi reverenciada por aquelas almas. Alegres e agradecidos ao Deus de todos e a Jesus, o arquétipo da síntese entre o masculino e o feminino, após as danças sagradas, aquelas almas *sobrevoam* as Matas Amazônicas reconhecidas pela oportunidade abençoada que aquele verde lhes proporcionou.

Assim é o amor; assim é o bem. Triunfam sempre.

Vida que segue.

Adamastor e Massália estão à sombra de Ciprestes bucólicos, aos pés da Montanha Lure – Alpes da Alta Provença. Aproximam-se de Mane, o destino final.

Ambos estão refazendo um percurso realizado há mais de quinhentos e cinquenta anos pelos escolhidos para a missão especial.

Quatro cavaleiros saíram do Castelo do Montsègur quatro dias antes do massacre, levando consigo um segredo.

Dois deles deveriam chegar a Mane pela via terrestre: Montsègur, Carcassone, Narbona, Bèziers, Montpellier, Nimes Mane.

Os outros dois com o mesmo destino pela via marítima: Montsègur, Barcarès, Marselha, Mane.

Adamastor e Massália aguardaram séculos por essa circunstância favorável. Há muito sentiam o desejo de repetir os passos dos companheiros fiéis que tantas intempéries enfrentaram para levar a cabo a missão que assumiram perante os que iriam perecer de maneira trágica e dolorosa.

---

[67] Na mitologia dos índios – Desana-Kehíripôrã, a mulher ocupa um lugar privilegiado na criação do mundo. Aparece resplandescente uma figura feminina como a Grande Criadora – Yebá Buró.

Poderiam utilizar recursos especiais para vencer as distâncias; entretanto, quanto possível, se detiveram nos detalhes, procurando localizar o magnetismo que impregnara os caminhos dos companheiros há cinco séculos e meio.

Possuíam a capacidade de perceber os vestígios espirituais deixados pela emanação dos pensamentos projetados e *ler* especialmente nos locais em que a dupla parava para o descanso. O pensamento espalha as emanações em toda a parte a que se projeta e pode ser *lido*. O Espírito que detenha a possibilidade de captar tais registros pode sentir os reflexos, as marcas da individualidade deixadas na matéria inanimada e no próprio *éter*.

Para Adamastor e Massália, havia maior facilidade pelo elo de amizade que os ligava aos companheiros que haviam realizado o feito importante. Também ajudava o fato de conhecerem o exato trajeto e os locais das principais paradas.

A viagem não visava mero deleite para os viajantes. Ela era útil e necessária.

Precisavam registrar em si mesmos o magnetismo do empreendimento a fim de que o fato se perpetuasse também nas pessoas deles.

Perfeitamente cabível, a garantia de Paulo a Timóteo: *"O lavrador que trabalha deve ser o primeiro a participar dos frutos"*.[68]

Aquelas duas almas joviais que se amavam desde o começo dos tempos participavam dos frutos do trabalho.

A possibilidade de estarem juntos era para eles a maior ventura que poderiam almejar; era o momento da pequena colheita que já podiam desfrutar.

---

[68] Bíblia Sagrada. 2ª. Epistola de Paulo a Timóteo, 2, 6.

Estavam um ao lado do outro. E isso era o suficiente para sentirem o sabor da Vida, a alegria de viver.

Então, à sombra dos Ciprestes, não almejavam nada mais do que a companhia um do outro e falar sobre os planos para o futuro.

É certo que haveriam de se separar. Mas, a hora agora era de alegria. Haviam aprendido a viver intensamente o instante que passa.

Permaneciam reunidos em trabalho na *erraticidade*[69] em enorme ventura.

Ambos sabiam que era importante o período de preparação para os enfrentamentos que viriam. Procuravam ocupar o tempo em trabalho útil a fim de se habilitarem quanto possível a vencerem nas provas que os aguardavam.

— *Nina, amanhece o dia na esfera densa. Veja a presença de Deus nessas paisagens.*

Esses são ambientes que tanto nos falam ao coração.

Numa linha quase reta das Montanhas que circundam Mane, podemos quase visualizar Marselha.

Graças a Deus e à tua presença constante amparando minha alma cheia de conflitos, posso dizer que encontrei a serenidade e a fé.

Olho à frente e não sinto medo dos enfrentamentos que me aguardam, mesmo sabendo que não terei a tua companhia.

Guardiã da nossa paz, você será sempre meu refúgio e minha certeza da volta segura.

---

[69] Espaço de tempo que o Espírito permanece aguardando o momento de nova encarnação na Terra.

Como sempre diz nossa querida Cibele, dia chegará, que o Senhor da Vida nos unirá sem necessidade de separação.

Gostaria de apressar o tempo. Mas, aprendi contigo a valorizar o momento que passa e aguardar confiante em Deus e em Jesus.

— Sim, meu amado. Assim será.

Dimitri, Bernard e Amália já se encontram em terras brasileiras em pleno sertão no planalto central.

Retornarás em pouco tempo meu amado para experiência breve de adaptação e reconhecimento do ambiente.

Essa ambientação é necessária também para te desvencilhares de algumas memórias que tanto de afligem a alma.

Terás Amália por mãe e Bernard de Chermont por pai. Amália retornará logo após o teu nascimento e assim se quitará definitivamente com a Lei.

Permanecerás aos cuidados de Bernard por aproximadamente oito anos terrenos.

E retornarás.

Eu e Amália te receberemos nos braços e ampararemos teus passos numa infância que se prolongará até os dias de retornares para as lutas mais definitivas.

No futuro, quando o Consolador necessitar de braços enérgicos para a difusão naquela região tu serás convocado às lutas mais importantes das nossas vidas.

Nesses tempos que virão, Amália estará na esfera densa próxima de ti. Tu a encontrarás em momento adequado.

Ela será um farol na tua existência. Nos momentos graves quando necessitarás apoio para decidires com maior acerto ouça a voz de Amália que te possibilitou um corpo de carne por duas vezes na Terra. O Amor que ela te dedica é inexcedível.

Ela estará em lutas redentoras e por vezes também precisará haurir de ti o apoio de filho que sempre serás.

Eu te inspirarei quanto puder.

Estarei também na esfera densa mas é improvável que nos encontremos fisicamente nessa romagem.

Entretanto, nas horas do sono reparador, haveremos de nos fortalecer um ao outro para que não abandonemos a luta diária e incessante antes do tempo certo.

Terás a prova do conforto material.

Não te deixes impressionar pelas moedas que te chegarão fácil.

Elas permitirão horas vagas de repouso indébito que deves rejeitar.

Emprega tua riqueza a benefício de quantos se acerquem de ti necessitados do pão material, da saúde, da fé e da esperança.

Espalha o amor do bem, o amor do trabalho, o amor do próximo.

Erga a bandeira da caridade sem fronteiras e jamais te permitas descansar indebitamente.

Sofrerás as tentações naturais do mundo; as mais graves, porém, serão as que te influenciarão a te afastares da senda do bem para todos e da caridade nas suas mais diversas expressões.

Roguei para mim uma existência de lutas árduas a fim de não me distrair um dia sequer. Pretendo quanto possível reunir em meu seio os filhos da nossa alma.

Será a experiência derradeira.

Envergaremos a túnica carnal na última hora e quero ter conciliado todos os nossos amores a fim de que nenhuma das ovelhas fique para trás.

Em razão dos recursos materiais que você conquistará rapidamente e sem grandes dificuldades, e que lhe darão conforto e vida financeira tranquila, poderá facilmente se deixar influenciar pelas ideias que ela pregará e divulgará na ânsia de repetir a mesma hegemonia dos tempos remotos.

Para os que gozam de conforto material, imensas são as probabilidades de que venham a descansar as mãos nos conceitos da caridade sem movimento e da fé sem obras.

Muitos dirão que a caridade material é um dever.

Mas, não correrão na direção de cumprir esse dever. Facilmente transporão o primeiro sofisma para ir ao segundo: **atender o necessitado é dever dos administradores públicos.**

Colocarão a prudência que Jesus recomendou por norma de segurança como frontispício das suas reservas.

Frases de efeito serão construídas. E os Filhos do Calvário permanecerão à míngua.

A riqueza deve ser útil e providencial a fim de que se torne meio de progresso e não obstáculo.

O amor do próximo animando o coração do homem é suficiente para traçar a linha de proceder daquele que detém as possibilidades.

Jamais tenhas medo de fazer o bem ou de servir a quem quer que seja. Não receies ser enganado. Procura sempre acompanhar o Ser Caído nos seus momentos de sombra até que raie o dia e ele se ilumine pela luz do entendimento.

Procurar as causas essenciais das misérias humanas que se distribuem a mancheias nas suas dimensões materiais, morais e espirituais, dará vigor ao trabalho de promoção da humanidade sofredora que nos bate à porta todos os dias.

E trabalhar pela educação. Porque liberdade, igualdade e fraternidade serão meros conceitos incrustados nos verbetes das enciclopédias enquanto a sociedade não conferir à educação prioridade.

A educação que forma caracteres; que modifica os hábitos para melhor e constrói a ética e a moral no padrão civilizatório do Mundo Regenerado.

Terás, como vês, as ferramentas de que necessitarás.

Sabemos, por outro lado, que Eugênia estará de volta à experiência no corpo em período concomitante.

Gravitarão para a presença dela, inevitavelmente, o séquito das almas que até hoje ela influencia com suas ideias cristalizadas no poder e no mando.

Eugênia muito provavelmente será presa fácil da fascinação que os governadores do mundo alimentarão na concretização do plano que eles entendem perfeito.

Ela tenderá a adaptar o conceito da caridade aos sofismas que os defensores do conforto do mundo aplaudem para justificar sua indiferença moral.

Você será atraído para o magnetismo dela pelas razões que conhecemos. Há entre vocês afinidades que não podemos desconsiderar.

A companheira, que te seguirá na romagem, dar-te-á tranquilidade. Será mãe amorosa dos filhos que acolherás como pai generoso e sábio. Seguirá os teus passos porque o caminho, a direção e o sentido que tua família palmilhará serão definidos por ti. Mas ela não terá voz ativa junto a ti para te alertar a respeito de Eugênia cujo magnetismo provavelmente ainda reverbere sobre ela.

Entretanto, meu amado, levas contigo todos os recursos para venceres as provas do caminho e te tornares, tu, um pescador de almas como asseverou Jesus a Pedro.

Deténs liderança sobre muitas almas e precisarás vigiar e orar constantemente para não te equivocares nas orientações que terás por dever ministrar a esses filhos da alma, que, no passado se acumpliciaram com os padrões de uma sociedade injusta e repleta de preconceitos.

— Nina... Diz-me. Existe alguma probabilidade de que venhamos a nos encontrar na experiência? Ainda que por um dia?

— Improvável, até onde sei. Roguei a meu querido pai, Bernard, que nos acompanhará na romagem carnal, que somente nos reúna se entender necessário, e nos distancie nas horas certas.

Para te alertar no momento próprio, terás Amália que forjou a simplicidade e o entendimento da caridade no sentido profundo, nas lutas redentoras que travou consigo mesma.

Na circunstância da presença dela não ser suficiente para firmar em ti a compreensão do amor que precisa se expressar em obras, provavelmente, permitirão a mim ir pessoalmente relembrar-te os compromissos. Mas, então, correremos riscos. Temo mais por mim do que por ti.

Então, é isso. Se desviares das obras, em favor das contemplações e reflexões inúteis, será grave. Então provavelmente irei.

Ambos se olharam e sorriram. Porque nem sempre precisavam de palavras para compreender o que cada um estava pensando.

Sintonia e sincronicidade, característica das almas que escolheram caminhar juntas no retorno à Casa do Pai.

— *Minha Nina! Confiemos que Deus proverá as nossas fragilidades. Haveremos de sair vitoriosos.*

Sinto que a reencarnação se aproxima meu amor. E desejo estar contigo no momento aprazado.

Sei que ao retornar do corpo físico tu me acolherás em teus braços e manterá minha infância mental até que cheguem os dias dos novos cometimentos.

Ultimamente o medo às vezes me acomete e esses momentos que nos foi permitido conviver um com o outro, somente nós dois, serão as lembranças que desejo levar comigo para os anos que seguirão.

— *Também eu guardarei esses momentos para sempre em meu coração. És o amor da minha vida. Haveremos de seguir juntos à Casa do Pai.*

Deus é Maior sempre. Confiemos na Sua magnanimidade.

Aquelas almas sorriram confiantes e seguiram na direção de Mane. Tinham muito o que fazer lá.

UNIVERSO

Nossas realidades.

Muralhas de condições separando.

E o incontrolável buscando... Trazendo.

Os paradoxos.

O que possa o que deva.

O que é.

As coisas mutáveis e as imutáveis.

Nossas realidades.

Inércia, movimento, tempo, relatividade...

Sucessividade, o **verso**, as muralhas...

Simultaneidade, o **uno**, o sempre.

O amor.

Amar na eternidade e no infinito.

Não tempo, não espaço.

Porque na simultaneidade do VERSO, nos tornamos UNO.

Márcia Regina Pini

Nascida em Paranavaí - PR, no dia 11 de outubro de 1957, filha do Senhor João Pini Filho e da Dona Benedita Aparecida Ferreira Pini.

Advogada formada pela Universidade Estadual de Londrina, Especialista em Metodologia do Ensino Superior e em Governança Corporativa.

Advogada da União Aposentada.

Exerceu cargos de assessoramento no Governo do Estado de Rondônia, Tribunal de Contas e Tribunal de Justiça.

Integrou a equipe que realizou os principais atos legais no processo de mudança do Território Federal de Rondônia para Estado de Rondônia e os atos legais de estrutura do Estado, tais como o Código de Organização e Divisão Judiciária do Estado de Rondônia; Lei Orgânica do Ministério Público; estrutura jurídica do Banco do Estado de Rondônia; estrutura jurídica de empresas públicas e de economia mista do Estado de Rondônia; implantação do serviço assistência jurídica aos necessitados – Defensoria Pública.

Participou ativamente na implantação do Tribunal de Justiça do Estado de Rondônia, assessorando o Desembargador Fouad Darwich Zacharias, sendo a redatora dos primeiros atos legais da sua estrutura interna.

Dedicou-se à Defensoria Pública do Estado de Rondônia na sua implantação no ano de 1983 e posteriormente os últimos doze anos da sua carreira na condição de cedida pela Advocacia Geral da União.

Conselheira da Federação Espírita Brasileira.

Presidiu a Federação Espírita de Rondônia por quinze anos.

Coordenadora do Instituto Cultural e Educacional Espírita André Luiz em Porto Velho-RO.

Coordenadora do Instituto Rousseau em Belo Horizonte.

Mãe de onze filhos e avó de seis netos até a data de hoje (09/09/2020).

Made in the USA
Columbia, SC
23 November 2024

46767693R00124